AINDA RESTAM AVELEIRAS

Livros do autor publicados pela **L&PM** Editores:

Todos os contos de Maigret – vol. 1
Todos os contos de Maigret – vol. 2

Coleção **L&PM** POCKET:

Romances com o inspetor Maigret:

A barcaça da morte
A fúria de Maigret
A louca de Maigret (inédito)
A noite da encruzilhada
A primeira investigação de Maigret
A velha senhora
As férias de Maigret
As testemunhas rebeldes
Maigret e a morte do jogador (inédito)
Maigret e o corpo sem cabeça (inédito)
Maigret e o fantasma (inédito)
Maigret e o homem do banco
Maigret e o ladrão preguiçoso (inédito)
Maigret e o matador (inédito)
Maigret e o mendigo (inédito)
Maigret e o negociante de vinhos (inédito)
Maigret e o sumiço do sr. Charles (inédito)
Maigret e os colegas americanos (inédito)
Maigret e os crimes do cais (inédito)
Maigret e os homens de bem
Maigret e seu morto
Maigret em Nova York
Maigret se diverte (inédito)
Memórias de Maigret (inédito)
Morte na alta sociedade
O amigo de infância de Maigret (inédito)
O assassino sem rosto
O cão amarelo
O caso Saint-Fiacre
O enforcado
O medo de Maigret
O mistério das joias roubadas
O porto das brumas
O revólver de Maigret (inédito)
Os escrúpulos de Maigret (inédito)
Um engano de Maigret
Uma sombra na janela

Outros romances:

A fuga do sr. Monde (inédito)
Ainda restam aveleiras
O burgomestre de Furnes
Sinal vermelho (inédito)

GEORGES SIMENON

AINDA RESTAM AVELEIRAS

Tradução de Celina Portocarrero

www.lpm.com.br

L&PM POCKET

Coleção **L&PM** POCKET, vol. 777

Texto atualizado conforme a nova ortografia.

Título original: *Il y a encore des noisetiers*

Primeira edição na Coleção **L&PM** POCKET: maio de 2009
Esta reimpressão: maio de 2010

Tradução: Celina Portocarrero
Capa: Ivan Pinheiro Machado. *Foto:* Jean Gaumy © Magnum Photos
Preparação: Gustavo de Azambuja Feix
Revisão: Patrícia Yurgel

CIP-Brasil. Catalogação-na-Fonte
Sindicato Nacional dos Editores de Livros, RJ.

S599a

Simenon, Georges, 1903-1989
Ainda restam aveleiras / Georges Simenon; tradução de Celina Portocarrero. – Porto Alegre, RS: L&PM, 2010.
176p. – (Coleção L&PM POCKET; v. 777)

Tradução de: *Il y a encore des noisetiers*
ISBN 978-85-254-1878-4

1. Romance francês. I. Portocarrero, Celina. II. Título. III. Série.

09-1892. CDD: 843
CDU: 821.133.1-3

Rua Comendador Coruja 314, loja 9 – Floresta – 90.220-180
Porto Alegre – RS – Brasil / Fone: 51.3225.5777 – Fax: 51.3221-5380

Pedidos & Depto. Comercial: vendas@lpm.com.br
Fale conosco: info@lpm.com.br
www.lpm.com.br

Impresso no Brasil
Outono de 2010

APRESENTAÇÃO

Georges Joseph Christian Simenon nasceu na cidade belga de Liège, em 12 de fevereiro de 1903, filho de Desiré Simenon, contador de uma companhia de seguros, e Henriette. A família era católica, e o comparecimento a rituais da Igreja foi uma constante na infância do autor. Christian, filho mais novo do casal, era o preferido de Henriette, enquanto Georges venerava o pai, um homem paciente que não desperdiçava palavras. Era adolescente quando Liège foi ocupada pelos alemães durante a Primeira Guerra Mundial.

Ainda na juventude do autor, seu pai adoeceu gravemente do coração. Georges abandonou a escola e começou a trabalhar. Passou por vários empregos, até que, em janeiro de 1919, foi admitido como office boy no *Gazette de Liège*, sendo posteriormente promovido a repórter. Escreveu sob vários pseudônimos, até chegar ao nome de Georges Sim, que usaria por doze anos. Na atividade jornalística adquiriu várias habilidades que muito lhe valeriam na carreira de romancista: escrever rápido e respeitar prazos. Paralelamente ao trabalho, nesse período Simenon aplicou-se no estudo de medicina forense. Também nessa época começou suas primeiras experimentações literárias e conheceu Régine Renchon, a quem apelidou de Tigy, sua futura mulher.

Seu pai morreu em 1921, e, após cumprir o serviço militar, Georges mudou-se para Paris, em 1922, onde se sustentou graças ao salário como secretário particular. Nos anos seguintes, ele se estabeleceria como autor de literatura *pulp*, além de frequentar artistas da cena francesa, como o cineasta Jean Renoir, de quem se tornou amigo, e a cantora americana Josephine Baker, de quem foi amante. Já nessa época estava em gestação aquele que se tornaria um dos mais famosos personagens da literatura ocidental, o inspetor Jules Maigret.

Entre 1929 e 1930, Simenon escreveu sob pseudônimo vários textos que prenunciavam o surgimento da série em que o comissário da Polícia Judiciária francesa desvenda uma série de crimes. Os anos de 1930 e 1931 foram dedicados à redação dos romances que comporiam a série Maigret e que seriam publicados já com o nome do autor pela editora francesa Fayard a partir de 1931. *Pietr-le-Letton* (*O assassino sem rosto*) foi o primeiro desses romances a ser escrito, mas *Monsieur Gallet, décédé* foi o primeiro a ser publicado, obtendo sucesso imediato, como os demais livros que se seguiriam. Todo o universo e a ética de Maigret já estavam estabelecidos nos primeiros livros da série. As histórias protagonizadas pelo inspetor Maigret – parisiense, fumante de cachimbo, usando sempre um sobretudo de gola de veludo e chapéu – compõem uma categoria *sui generis* da literatura policial: o êxito junto ao público deve-se menos ao enredo e à descoberta do mistério do que ao misto de ceticismo e esperança com o qual o taciturno Maigret vê a sociedade – visão psicológica que é a principal arma desse humanista no combate contra o crime. Com o passar dos anos, a composição dos personagens secundários se tornaria mais complexa e o tom dos romances, mais filosófico.

Em 1933, já havia escrito seis romances em um estilo diferente do que praticara até então, que ele chamou de *roman dur*: romances que não necessariamente giram em torno de um crime e que se apoiam, sobretudo, na riqueza psicológica dos personagens. A essa altura a família já estava vivendo na propriedade em La Rochelle, na costa oeste da França.

Em 1945, Simenon – já com problemas de coração –, Tigy e o filho do casal, Marc, deixaram a Europa em direção à América. Lá, ele conheceu Denyse Ouimet, que se tornaria sua segunda mulher. Em 1953, nasceu Marie-Jo, a única filha do autor, que acabaria se suicidando em 1978. Em 1955 a família retornou à Europa, estabelecendo-se na Suíça.

A década que se seguiu foi turbulenta: Denyse sofreu de problemas psiquiátricos que a levaram à internação, em 1962, e, em 1964, abandonou a recém-construída residência familiar, na cidade suíça de Épalinges. Em 1970, morreu a mãe de Simenon, com quem ele sempre tivera relações problemáticas, e nesse mesmo ano ele escreveu seu último *roman dur*, *Les Innocents*, além de *Maigret et monsieur Charles*, o último romance protagonizado por Jules Maigret. A partir de 1973, Simenon ditou e escreveu apenas livros de memórias que, como seu textos autobiográficos, são vistos com reservas por muitos estudiosos de sua obra, no que diz respeito à veracidade dos fatos. Nos últimos anos, o escritor viveu recluso, fazendo aparições públicas apenas ocasionalmente, das quais a mais famosa foi a entrevista dada ao cineasta e amigo Federico Fellini, na qual afirmou ter mantido relações com dez mil mulheres. Morreu aos 86 anos, no dia 4 de setembro de 1989, em Lausanne.

Simenon, o mais emblemático caso de proficuidade literária do século XX, é autor de mais de duzentos romances (75 dos quais protagonizados pelo inspetor Maigret), 155 contos (trinta com Maigret) e 25 textos autobiográficos. Esses números são apenas aproximados, já que vários escritos foram publicados apenas em periódicos, sob até 29 pseudônimos. Dezenas de livros seus foram adaptados para a tevê, cinema e quadrinhos, e a sua venda mundial é estimada em 1,5 bilhões de exemplares, em mais de cinquenta línguas. Atestando a sua permanência literária e a excelência de sua ficção, foi recentemente eleito o segundo melhor autor de livros de mistério pelo jornal *The Times*, somente atrás de Patricia Highsmith.

Ao dr. Samuel Chuchaud, meu amigo,
este livro em que ninguém é ninguém
e quando, por acaso,
alguém é alguém, é outro alguém.

SUMÁRIO

CAPÍTULO I

Estaria eu, naquela manhã, mais ou menos feliz do que nos outros dias? Não tenho a menor ideia, e a palavra felicidade não faz mais muito sentido para um homem de 74 anos.

Em todo caso, a data permanece na minha memória: 15 de setembro. Uma terça-feira.

Às 6h25, a sra. Daven, como chamo a governanta, entrou sem fazer ruído, sem mover o ar, e colocou a xícara de café sobre a mesa de cabeceira antes de se dirigir para a janela e puxar as cortinas. Vi logo que não havia sol, que o ar estava nublado, que talvez chovesse.

Nós nos dissemos bom dia, simplesmente. Falamos pouco. Enquanto eu bebia um primeiro gole, ela guardou as roupas que eu tirara na noite anterior e eu, por minha vez, girei o botão do rádio para ouvir as notícias da manhã.

São rituais. Eles se criaram pouco a pouco, e me seria bem difícil saber por que nós os seguíamos religiosamente.

A sra. Daven faz correr a água na banheira, e bebo meu café antes de me levantar e vestir o roupão. Ando até a janela. Todas as manhãs, observo a Place Vendôme deserta, os compridos carros de aluguel em frente ao Ritz, o guarda uniformizado no canto da Rue de la Paix.

Dois ou três táxis passam, um único pedestre se apressa olhando a hora em seu relógio. O chão está negro e reluzente. Pergunto-me se chove ou se é a bruma que se deposita sobre a rua. Um leve estremecimento do ar indica que é uma chuva muito fina que desce tão devagar que mal se percebe e que escurece sobre o asfalto.

Atrás de mim, a sra. Daven serve minha segunda xícara de café preto.

– O senhor vai usar um terno azul?

Hesito, como se aquilo fosse importante, e digo:

– Um cinza. Bem escuro...

Talvez para ficar em harmonia com o tempo. Choverá o dia todo. Não é uma chuva passageira. A praça fica muito bonita sob essa luminosidade matizada, sobretudo nessa hora em que pouca gente está de pé. Só vejo duas janelas iluminadas, empregadas domésticas que trabalham.

Sei que na cozinha Rose Barberon, a arrumadeira, serve o café da manhã a seu marido que ainda não vestiu seu paletó branco nem colocou o chapéu de cozinheiro. Estão comigo há quinze anos. Dormem nas mansardas, bem acima da minha cabeça.

– O senhor não deseja nada de especial para o almoço ou para o jantar? – pergunta-me a sra. Daven.

– Não, nada de especial.

– O senhor não terá convidados?

– Não...

É tão raro que os tenha! O mais raro possível. Acostumei-me pouco a pouco a comer só e cheguei ao ponto em que me cansa falar ou ouvir.

Com exceção da cozinha, o apartamento está vazio: meu gabinete, o antigo quarto da minha mulher, seu boudoir, os quartos das crianças, é claro, o grande salão e a sala de jantar.

A sra. Daven dorme no que foi por muito tempo o quarto de Jean-Luc. No início, ela queria se instalar numa das mansardas, mas eu me sentia sozinho demais, à noite, num apartamento em que o silêncio não era rompido por qualquer presença humana.

Tudo aconteceu naquela manhã como nas outras manhãs. Poucas notícias no rádio. Terminado meu cigarro, apaguei-o num cinzeiro e me dirigi ao banheiro. Minha primeira preocupação foi a de me barbear.

Mais um hábito que nada explica. A maioria dos homens toma banho antes de se barbear porque a barba fica mais suave, mas, como faço o contrário, ignoro. Tenho tendência, há alguns anos, sem dúvida desde que vivo praticamente sozinho, a repetir os mesmos gestos nas mesmas horas do dia.

Ouço a sra. Daven ir e vir em meu quarto. Ela sabe que tenho horror de ver a cama desfeita, a brancura crua dos lençóis amassados. Ela permanece lá enquanto me visto, entrega-me os objetos que coloco nos bolsos.

Na verdade, ela faz as vezes de criado de quarto. Jamais consegui suportar a presença de um homem na minha intimidade. Às sete horas, ouço passos no gabinete contíguo ao meu quarto. É Émile, meu motorista, que traz os jornais da manhã e os coloca sobre a mesinha de centro. Ele mora no subúrbio, para os lados de Alfortville, acho eu, e sua mulher está no hospital há quase dois anos. Ele arruma sua própria casa, todos os dias, antes de sair. Em alguns instantes, estará na cozinha tomando por sua vez o café da manhã.

Um universo bem pequeno, cinco pessoas no total, num apartamento concebido para uma família grande e para recepções. Daqui a pouco virão duas faxineiras fazer o trabalho pesado, pois em todos os cômodos, mesmo naqueles que não têm mais serventia, o aspirador é passado diariamente.

Ainda não visto o paletó, mas um robe leve, e vou me sentar na poltrona do gabinete. Passo ali boa parte do tempo e, quando estou gripado, fico por lá o dia todo.

O tapete é bege e as paredes são forradas de couro, com o mesmo couro, um pouco mais claro, que o das poltronas. Na parede, diante do meu lugar favorito, mandei pendurar um grande Renoir, uma banhista, jovem e fresca, com gotas d'água que deslizam sobre sua pele rosada. Ela é ruiva e seu lábio inferior avança numa expressão de amuo.

Eu a vejo todas as manhãs e lhe dou bom dia.

Por causa da chuva fina, do céu todo cinza, hoje sou obrigado a manter as lâmpadas acesas e, do meu lugar, vejo outras janelas que se iluminam.

Terão alguns, como eu, hábitos aos quais dão importância? Eu não era assim antigamente. Parece-me que cada dia era diferente, que eu improvisava ao correr das horas, sem nunca saber onde estaria à noite e a que horas me deitaria. Agora, sei. Onze horas. Quase em ponto.

Nós – Jeanne, minha segunda mulher, e eu – raramente nos deitávamos antes das três da manhã e ainda dormíamos quando as crianças saíam para a escola.

Quanto à Nora, mais tarde, ela teria de bom grado passado todas as noites na rua.

Leio os jornais mecanicamente, sobretudo as informações financeiras, e a sra. Daven, sempre sem ruído, numa espécie de deslizamento, me traz a terceira xícara de café

Sempre gostei demais de café. Meu caro Candille, que é meu médico há mais de vinte anos, em vão me aconselha a reduzi-lo. Tarde demais. Não é na minha idade que se mudam os hábitos, e é assim para minhas três xícaras de café como para todo o resto.

De bom grado zombo de mim mesmo. Vivo nos trilhos, sem me afastar deles mais do que uma locomotiva. O mais curioso é que sinto, nessa repetição cotidiana de fatos e gestos, uma certa satisfação.

Como a que sinto ao ver, exatamente em seus lugares, os quadros e objetos que pouco a pouco escolhi ao longo dos anos. Não lhes confiro valor sentimental. Nunca penso nas lembranças que poderiam despertar em mim.

Gosto deles por eles mesmos, por sua forma, sua matéria, sua beleza. Há no salão, por exemplo, uma cabeça de mulher, de Rodin, cujo bronze acaricio sempre que passo.

O relógio de pêndulo dourado, que data do século XVII, bate as horas e as meias horas, e a sra. Daven cuida para que nunca pare. Tenho horror a relógios parados: é um pouco como se estivessem mortos. Todos os pêndulos da casa marcam a hora exata, com exceção do relógio elétrico da cozinha, que está adiantado em cinco minutos.

A Place Vendôme se anima um pouco. Ouço as portas metálicas sendo levantadas diante das vitrines, inclusive na joalheria, no andar térreo do meu prédio.

Quando o relógio bate nove vezes, significa que é hora de me levantar e trocar o robe por um paletó. Para chegar à porta, devo passar pelo grande salão onde uma das faxineiras se agita. Só as conheço de vista. Elas mudam com bastante frequência. Atualmente, creio que há uma francesa e uma espanhola.

Não tomo o elevador, pois só tenho que descer um andar para ver, sobre uma porta de acaju, a placa de cobre que traz, gravadas, as palavras:

F. PERRET-LATOUR
BANQUEIRO

O F é de François. Sou eu. Embora a maior parte do negócio ainda me pertença, não faço mais realmente o papel de patrão. Renunciei a ele há quatro anos, aos setenta, um aniversário que me perturbou muito pois tive a impressão repentina de ter ficado velho.

Até então, mal havia pensado nisso. Começava, sem dúvida, a me cansar mais depressa, a chamar Candille mais vezes por causa de bobagens, mas não me sentia um ancião.

Ora, da noite para o dia, decidi que era e passei a viver, a andar, a falar, a agir como um velho.

É dessa época que data a maior parte das minhas manias. Foi então também que a sra. Daven começou a se ocupar de tudo no apartamento, inclusive de mim.

– Quantos anos, normalmente, me restam de vida? – perguntei-me.

Não me fazia a pergunta com angústia. Não acredito que tenha medo de morrer. O que me incomodou, no dia dos meus setenta anos, foi a ideia da decrepitude.

Lembrei-me do modo como, ainda alguns anos antes, olhava para aqueles que considerava velhos. Sempre considerei meu pai um velho, e ele morreu aos 63 anos. Não é inacreditável que meu irmão Leon tenha 72 anos e que minha irmã Josephine, a mais velha, que nunca se casou, viva ainda sozinha, em Mâcon, com 79 anos?

Jeanne, mais moça do que eu, instalou-se em Metz com o marido e morreu de tuberculose em 1928, depois de ter tido dois ou três filhos. Eu deveria saber quantos, pois continuamos a nos corresponder por algum tempo. Seu marido, que se chamava Louvier, trabalhava com seguros. Tendo morrido minha irmã, perdi contato com ele e os filhos.

Se desço ao primeiro andar às 9h05, é para dar tempo ao sr. Pageot de abrir portas e janelas. Ele tem dez anos a menos do que eu e lá se vão mais de trinta anos que trabalha no banco.

O diretor, Gaston Gabillard, é mais jovem: 52 anos. É ele quem dirige os negócios, embora eu tenha continuado presidente do Conselho de Administração e ele faça de conta que pede minha opinião antes de tomar uma decisão importante.

Ele ocupa meu antigo escritório, o maior, o mais claro, com duas janelas que dão para a Place Vendôme e que é mobiliado em estilo Império. Tudo é em estilo Império e a maioria dos móveis é autêntica. Há apenas um guichê, na sala da frente, onde fica o porteiro com sua corrente de prata.

Nossos clientes não vêm para descontar um cheque ou depositar pequenas quantias. Nossa função é gerir sua fortuna, aconselhá-los em seus investimentos, muitas vezes tomar decisões em seus negócios.

Fui um dos primeiros, por exemplo, a acreditar na eletrônica e a ajudar um industrial de Grenoble que se lançava nessa direção. Hoje, sessenta por cento do seu negócio me pertence.

Dou uma olhada na sala do telex, onde os aparelhos estão em rede direta com Londres, Zurique, Frankfurt e Nova York. Entro então no escritório que me foi reservado, menor do que o antigo, mas também com vista para a Place Vendôme.

Minha correspondência me espera na pasta para documentos que ganhei da minha última mulher.

Terça-feira, 15 de setembro. A chuva continua a cair, tão fina que chega a ser invisível, e mesmo assim o teto e o capô dos carros estão molhados. A carta está no alto da pilha, um envelope aéreo cuja letra me surpreende. Teria me surpreendido do mesmo modo se não trouxesse impressas as palavras *Bellevue Hospital.*

Em Nova York, qual Franklin D. Roosevelt, defronte ao East River. Conheço bem Nova York. Passei muitas vezes em frente aos imponentes prédios do Bellevue Hospital.

A letra é entrecortada, aguda, às vezes vertical, às vezes inclinada para a direita e às vezes para a esquerda. É trêmula. É a letra de um ou uma doente.

Recebemos no banco, com frequência, cartas de loucos e quase sempre as reconhecemos por esse tipo de letra.

Não há nome na parte detrás do envelope. Abro-o, com o sentimento de que vou receber uma notícia desagradável.

Viro a folha para ler a assinatura. Não me enganei. A carta é de Pat. Ela agora se assina Pat Jester.

Eu sabia que ela tinha se casado outra vez. Fui até bater em sua porta, em 1938, quando ela morava numa casinha um tanto pobre no Bronx. Queria pedir-lhe o endereço do meu filho, que nunca me escreveu.

Uma vizinha, vendo-me tocar em vão a campainha, disse que minha ex-mulher trabalhava num hotel em Manhattan, sem poder precisar qual, no mesmo lugar que seu marido, chamado Jester. Não, a vizinha não conhecia meu filho, mas ouvira falar que ele morava em algum lugar em Nova Jersey. A carta é em inglês, é claro. Mesmo quando vivíamos juntos em Paris, Pat nunca conseguiu aprender cinco palavras em francês.

Encontramo-nos em Nova York em 1925. Eu tinha ido fazer um estágio em Wall Street e morava na Third Street, perto de Washington Square, no segundo andar de uma casa que só tinha quatro.

Havia porém um elevador, muito estreito, forrado de vermelho. Só cabiam duas pessoas de cada vez e um dia me vi na companhia de uma moça morena que parou no mesmo andar que eu.

Éramos vizinhos e, por diversas semanas, nunca a tinha visto. Eu estava com 31 anos. Da segunda ou terceira vez, nós nos falamos e ela me disse que era modelo.

Jantamos juntos. Cada vez com maior frequência, à noite, eu passava de um quarto para outro e numa dessas noites cismei de me casar com ela.

Mudamos de apartamento. Pat tinha vinte anos e era bastante alegre, tendo, entretanto, momentos de melancolia. Tinha nascido no Meio Oeste, e creio que seus pais eram muito pobres. Ela nunca me falava a respeito.

Eu apostava na Bolsa. Desde que cheguei a Paris, com dezessete anos, quando entrei na Faculdade de Direito, descobri o pôquer e passava noites inteiras com as cartas.

Ganhava quase sempre. Há em mim uma espécie de sexto sentido que me serviu no mercado de valores depois de ter me servido no Quartier Latin.

Em 1926, considerando que meu estágio chegara ao fim, voltei para Paris com Pat, e nos instalamos num hotel do Boulevard Montmartre.

Foi lá que nasceu nosso filho, e nós o chamamos de Donald. Pat não trabalhava mais. Eu saía com ela o máximo possível, sobretudo para as boates de Montparnasse que estavam então na moda como mais tarde ocorreria com os porões de Saint-Germain-des-Près.

Por que Pat começou a detestar Paris? Não tenho ideia. Ela fazia questão de se comportar totalmente como americana e nada do que era francês tinha graça a seus olhos. Eu tinha um amigo, com quem tinha feito o curso de Direito e cujo pai possuía um banco privado na Rue Laffitte. Chamava-se Max Weil e foi quem me oconselhou a comprar um pequeno banco na Place Vendôme. Seu pai, aliás, me ajudou financeiramente. Quanto a meu amigo Max, morreria em Buchenwald, em 1943.

Lembro-me das datas graças a pontos de referência. Para certas épocas, minhas lembranças são mais vagas do que para outras, e esse é o caso no que se refere à minha vida com Pat. Chego a ter dificuldades para reconstituir seu rosto na minha memória. Nós não discutíamos, mas eu não reencontrava, em Paris, a exaltação alegre que compartilhara com ela em Nova York.

O apartamento do segundo andar não estava vazio naquela ocasião, e continuamos a morar no hotel.

Eu tinha uma amante, Jeanne Laurent, uma jornalista cujo pai dirigia um jornal vespertino. Ela era baixinha e magra, muito viva, de uma inteligência aguda.

Acredito que Pat sempre a ignorou e que minha ligação em nada influenciou sua decisão. Um dia, ela me disse que sentia saudades de Nova York e que iria para lá por algumas semanas. Levou nosso filho, pequeno demais para que eu pudesse cuidar.

Para mim, era apenas um bebê como os outros, e eu não me sentia com alma de pai. Não foi surpresa alguma, três ou quatro meses mais tarde, receber uma carta de um advogado de Reno informando-me que o divórcio entre Pat e eu havia sido homologado à minha revelia, e que eu havia sido condenado a pagar uma quantia mensal de mil dólares para a manutenção e a educação da criança.

Discuti o assunto com Paul, meu amigo e advogado Paul Terran, que mora no Quai Voltaire e que ainda hoje me visita de vez em quando.

– Para ser válido na França, o divórcio deveria ter sido homologado por motivos reconhecidos pela lei francesa. Ora, a sua mulher invocou sua deserção do domicílio conjugal. Onde fica o domicílio conjugal?

– Onde vive o marido.

– Exatamente... Portanto, se você quiser, pode fazer com que o divórcio seja anulado pelos tribunais franceses.

Para quê? No fundo, aquilo funcionava a meu favor. Não tinha mais vontade de viver com Pat e menos ainda de me instalar em definitivo nos Estados Unidos.

Jeanne Laurent e eu nos tornávamos cada vez mais íntimos, e eu não gostava de voltar para casa sozinho para dormir, pois ela ainda morava na casa dos pais.

Depositei os mil dólares mensais até 1940, quando a comunicação com a América se tornou impossível. Pat se casara com um tal de Jester, que nunca vi e cuja profissão ignoro. Com o tempo, perdi seu endereço e, como também não tinha o de Donald, interrompi os depósitos.

A carta está na minha frente, escrita numa enfermaria do Bellevue Hospital por uma mulher que deve ter hoje 62 anos e que com mão trêmula se assina Pat Jester.

A casa da Third Street deve ter sido demolida para dar lugar a um prédio maior e mais moderno, como aconteceu ao redor da Washington Square.

Dear François...

O fato de ela me chamar de *Querido François* me causa uma sensação estranha. Não sei por que minhas mãos começam a tremer de leve, como se essa carta me apavorasse um pouco.

Há quatro anos, por ocasião daqueles famosos setenta, decidi me tornar egoísta. Com certeza não consegui de todo. Penso em Pat, naquele filho que só vi bebê e procuro desculpas para adiar a leitura.

*

Espero que você possa ler minha carta. Não tenho certeza, porque minha letra está cada vez pior. Há três anos, minha mão começa a tremer assim que seguro uma caneta ou um lápis. E, hoje, estou deitada na minha cama.

Não na minha cama de verdade. Na de uma enfermaria do Bellevue onde somos vinte a nos espionar, vinte mulheres de certa idade que, todas, em determinados momentos da noite, começam a gemer. Eu também, apesar das injeções.

Não sei que injeções. Quando lhe fazem perguntas, a enfermeira sorri sacudindo a cabeça. Ignoro também que doença tenho e de que doenças sofrem minhas vizinhas.

No que me diz respeito, parece que eles também não sabem, que continuam procurando, há dois meses. Eles me fazem exames. Levam-me, numa cama móvel, para locais cheios de aparelhos e me submetem a raios.

Estou tão magra que não peso mais do que uma menina de dez anos. Só minha barriga incha, como se estivesse cheia de ar, e chego a pensar que ela não é mais parte de mim.

Quase dois anos se passaram desde que comecei a emagrecer assim e que tenho dores, mas, no começo, as crises eram mais raras. No início do verão, estava tão fraca que precisei deixar meu trabalho no Hotel Victoria e ficar o dia inteiro em minha pequena casa.

Seria a casa do Bronx onde ele bateu em vão quando esteve em Nova York? Ele não conhece nenhum Hotel Victoria. Deve ser uma pensão de terceira ou quarta categoria. Pat também não diz que tipo de emprego tem lá.

Felizmente o dr. Klein não me abandonou. Ele mora na mesma rua, e cheguei a chamá-lo por telefone diversas noites seguidas, de tanto que sofria.

Contei que Jester, meu marido, foi morto nas Filipinas? Recebo uma pequena pensão, mas não o bastante para pagar alguém para cuidar de mim em casa. Como não podia mais sair e passava a maior parte do tempo na cama, o dr. Klein me internou no hospital.

Ela deve ter mechas grisalhas que caem no rosto, e tento em vão imaginar, nas lembranças que guardei dela, a Pat de hoje. Revejo-a com vinte anos, nas páginas de moda, às vezes na capa de uma revista.

Pergunto-me se, na enfermaria, temos todas a mesma doença. Quase todos os dias levam uma ou duas para algum lugar, talvez para os raios. Quase não nos falamos. Somos dez de um lado, dez camas iguais, com dez outras camas em frente.

Há algumas que leem, outras que ouvem rádio nas horas em que é permitido. A maior parte do tempo, nos olhamos.

Cinco das que estavam aqui quando cheguei foram substituídas.

– A velha da terceira cama morreu? – perguntei à enfermeira da noite, mais falante do que a do dia.

– Acho que não. Ela deve ter voltado para a casa da família.

– As outras também?

– Que outras?

– As outras quatro que sumiram...

– Não sei dizer.

Elas devem ser levadas para morrer em outro lugar e, se espiamos umas às outras, é porque cada uma se pergunta qual será a próxima a sair da enfermaria para sempre.

Mas não é para me queixar que escrevo.

Quando a encontrei na Third Street, Pat já tinha tendência para só pensar em si mesma. Só me dei conta disso depois, sobretudo em Paris, que para ela nunca passou de um cenário.

Quando descobriu que estava grávida, ela passou dois meses de cara amarrada, e ainda me pergunto por que levou o menino para os Estados Unidos. Para conseguir uma pensão alimentícia mais alta?

É possível. Nesse caso, por quê, depois da guerra, não me deu mais sinal de vida?

Não me lembro se escrevi, há dois ou três dias, para contar tudo a você. Sei que pretendia, que tinha a carta na cabeça. Acho que estou começando a perder a memória. Apesar de tudo, ainda não sou o que se pode chamar de uma velha.

Há uma, à minha direita, que tem 88 anos e sempre tenta se levantar assim que a enfermeira se ausenta. Duas vezes a recolheram do chão, aos pés da cama.

É sobre Donald. Ele morreu aos 42 anos, e o mais perturbador é que ninguém sabe por que ele fez isso.

Ele tinha uma mulherzinha gentil, Helen Petersen, que conheceu quando trabalhava na Filadélfia. Eles têm três filhos. O mais velho dos meninos, Bob, trabalha no posto de gasolina. Acho que tem uns vinte anos. Não sei mais.

Depois, tem o Bill, ainda no colégio, e por fim a menina, Dorothy, que se parece comigo quando eu era jovem.

Eles deveriam ter sido felizes, apesar da perna que Donald perdeu na Coreia. Seu temperamento, desde então, não era mais o mesmo, mas ele tinha acabado por se acostumar.

Como imaginar aquele filho que só vi bebê? Um passado inteiro é atirado de repente em meu rosto, e sinto uma verdadeira vertigem.

Havia um posto de gasolina com cinco bombas, em Newark, Nova Jersey. Preciso encontrar o endereço certo, porque você talvez possa fazer alguma coisa...

Bom... Consegui alcançar meu caderno de endereços... É Jefferson Street, número 1061, na saída de Newark, um pouco antes da estrada para a Filadélfia.

Isso aconteceu na semana passada. Todo mundo estava deitado. Ele se levantou dizendo para a mulher que, como não conseguia dormir, seria melhor aproveitar para colocar seus papéis em ordem.

Helen voltou a dormir. Quando acordou de repente, sentindo o lugar frio a seu lado, eram quase três horas da manhã. Ela desceu do jeito que estava e encontrou-o enforcado na oficina.

Ele não deixou nenhum bilhete. Ninguém sabe de nada. Enterraram-no segunda-feira, e não pude levá-lo ao cemitério.

Segundo um contador que Helen chamou, os negócios não iam bem e, um dia ou outro, Donald teria que vender o posto de gasolina, o que mal daria para pagar as dívidas.

Veja você, ele era bom demais, confiante demais. É preciso dizer também que ele sempre detestou fazer contas.

Espero que você tenha uma sorte melhor, assim como seus filhos, se você os tiver.

Fecho os olhos por um bom tempo, como se me recusasse a aceitar essas novas realidades. Vidas continuaram à minha revelia, vidas que foram intimamente ligadas à minha: sou avô três vezes sem saber e, se Pat não estivesse imobilizada num leito de hospital, talvez continuasse a ignorar isso para sempre.

Ela me escreve, afinal, para se agarrar a alguma coisa.

Ela teve uma vida monótona, deplorável. Perdeu seu marido na guerra e foi trabalhar num hotel. Não em escritórios, pois não estudou para isso. Sem dúvida como arrumadeira, ou na lavanderia.

Meu filho mais velho, que perdeu uma perna na Coreia, acaba de se suicidar, provavelmente por causa do estado desesperador de seus negócios. Por que não me escreveu?

Pergunto-me o que Pat contou quando Donald perguntou quem era seu pai e por que ele tinha um sobrenome francês. Porque ele perguntou isso, cedo ou tarde.

Será que ela lhe disse que eu estava morto? Improvável. O acaso poderia trazê-lo a Paris, e lhe teriam informado sem dificuldades. Ele poderia também ter ido ao Consulado da França.

Donald nunca me deu sinal de vida. Tanto para ele como para sua mãe – até que escrevesse a carta que tenho em mãos – eu não existia. Eu tinha sido apagado do universo de ambos.

Não sinto remorsos. Estou mais abalado do que teria imaginado, sem entretanto chegar a me sentir culpado.

Devido à minha decisão de me tornar egoísta? Não. Nem isso. Seguimos caminhos diferentes e foram eles que me rejeitaram.

Talvez – continuava Pat – *você possa ajudá-los. Sei que não os conhece, que são estranhos para você, mas as crianças, afinal, são seus netos.*

Isso, também, eu não sinto.

Conheço Helen. Ela é orgulhosa demais para pedir seja o que for a você, e ignoro como pretende sair dessa.

Comecei a escrever para você várias vezes e em todas elas quase rasguei a carta.

É como se eu mendigasse. Tenho vergonha. Você não é obrigado a me escrever mas peço que faça, por favor, alguma coisa por Helen e as crianças.

Cheguei ao final da carta. Só resta uma palavra acima da assinatura.

Sincerely.

É inesperado. Pat foi minha mulher. Compartilhamos entusiasmos, vivemos, cheios de juventude, as noites loucas de Nova York e de Paris.

Tivemos um filho...

E, no final desta carta com letra tremida, ela só encontra a expressão mais banal de todas, a que se utiliza nas cartas comerciais: *Atenciosamente.*

Olho para o relógio, que marca nove e meia. Em Nova York, são três e meia da manhã. Nada posso fazer além de esperar meio-dia para telefonar ao nosso correspondente Eddie Parker, em sua casa.

Não há ninguém a avisar. Poucas pessoas sabem que eu tinha um filho nos Estados Unidos. Não há quase ninguém que esteja a par ou mesmo que tenha chegado a conhecer Pat, além de Jeanne Laurent, pois fiz as duas jantarem juntas uma noite.

Logo após o anúncio do divórcio, Jeanne e eu nos casamos. Busco a data na memória. Deveríamos estar em 1928. Eu acabava de conseguir o segundo andar do edifício, bem como as mansardas. Faltava-me mobiliar todos aqueles cômodos, com os quais eu não sabia muito bem o que fazer.

Acabo de mencionar um número errado. Foi mesmo em 1928 que conheci Jeanne Laurent, mais foi só em 1930 que me casei com ela. Eu tinha 36 anos e ela 24. Ela era muito inteligente, e a extensão de seus conhecimentos sempre me surpreendia. Naquela época, ela redigia uma coluna de cinema.

Nosso primeiro filho, Jacques, nasceu no ano seguinte, pois em 1933 tivemos um segundo, Jean-Luc.

Jeanne continuava a trabalhar e, à medida que o tempo passava, retomava cada vez mais sua independência, frequentando ambientes mais jovens e mais intelectuais do que os meus.

Quando comprei nossa mansão, a três quilômetros de Deauville, por exemplo, ela não manifestou qualquer prazer.

– Você, no fundo, é um esnobe, não é mesmo?

Não acho que eu seja esnobe, nem que jamais tenha sido. Graças a um faro que não sei explicar, ganhei muito dinheiro. Até a depressão americana me foi, no fim das contas, favorável, porque a sentira chegar e tomara minhas precauções.

Parecia-me natural comprar cavalos de corrida e ter estrebarias nas Maisons-Laffitte. De fraque e cartola, eu tinha direito à tribuna dos proprietários.

Não chamo isso de esnobismo. Não mais do que o fato de jogar alto nos clubes privados de Deauville, o que me divertia.

Era engraçado, só isso. Por tradição, deveria ter assumido o negócio de meu pai, importante comerciante de vinhos em Mâcon. Sou o filho mais velho, e o estabelecimento, fundado em 1812, sempre passou para o mais velho dos filhos homens.

No Quai Lamartine, morávamos numa enorme construção burguesa impregnada, do sótão ao porão, do cheiro do vinho. Os móveis, antigos mas sem graça, eram sempre polidos, assim como os cobres e estanhos.

Minha mãe, de avental de algodão, dirigia as três empregadas e estava frequentemente cuidando do fogão.

Revejo a fachada pintada de branco, repintada todos os anos, o escritório sombrio de meu pai, que dava para o pátio atulhado de barricas e para as adegas.

Meu irmão Leon, três anos mais moço do que eu, tomou meu lugar quando vim para Paris, e é seu filho Julian, que deve ter pouco mais de quarenta anos, quem está hoje à frente dos negócios.

Ainda há pouco, sentia-me sozinho em meu gabinete do segundo andar onde lia os jornais e eis que, por causa de uma carta, descubro que fios invisíveis continuam a me ligar a diversas pessoas.

Um de meus filhos, o primeiro, que por assim dizer nunca vi, acaba de se enforcar num posto de gasolina em Nova Jersey!

*

Entrei no gabinete de Gabillard, o diretor, e ele franziu a testa diante do meu ar sério.

– Uma notícia ruim?

– É, meu filho morreu.

– Qual deles?

– Um que você não conhecia e que morava nos Estados Unidos... Ele se enforcou.

Fiz de propósito, para chocar Gabillard.

– Você tem o número do telefone pessoal de Eddie Parker?

Ele apertou um botão para chamar a secretária, srta. Solange, a quem às vezes dito uma correspondência.

– A senhorita tem o número do telefone pessoal de Eddie Parker?

– Sem dúvida. Trago em seguida.

Durante sua ausência, continuo, como se o desafiasse:

– Minha primeira mulher está no hospital...

– Em Paris?

– Em Nova York.

– Ela é muito velha?

– Sessenta e dois ou sessenta e três anos.

– É grave?

– Provavelmente um câncer.

Digo tudo isso com calma, como se enunciasse fatos, nada mais. Entretanto, há no fundo de mim alguma coisa que se parece com angústia.

É todo um pedaço da minha vida que se perde numa confusão que não tive como evitar.

Quando a secretária volta e me estende um cartão com um número de telefone, pergunto:

– A senhorita se importaria de me esperar até o meio-dia? Talvez me atrase alguns minutos. Preciso falar com Eddie Parker...

Sempre fui incapaz de pedir uma ligação telefônica. Para ser exato, isso me irrita.

Em que ano nos divorciamos, Jeanne e eu? Foi depois da guerra, no ano de 1945. A guerra tinha nos separado ainda mais, pois Jeanne se envolvera com a Resistência. Não soube disso por quase três anos e me espantava com suas frequentes viagens ao interior, apesar das dificuldades do momento, enquanto antes ela viajava pouco.

Um dia, eu a surpreendi subindo para as mansardas, um pacote na mão.

– Aonde você vai?

Ela teve um sobressalto, depois cedeu.

– Espere por mim no seu gabinete. Já volto.

Ela me confessou tudo, inclusive que dois homens que eu não conhecia viviam havia vários meses sob o meu teto.

– Você está zangado comigo?

– Não.

Era verdade. Estava bem contente por saber que ela tinha aquela ocupação.

– Poderei lhe pedir dinheiro de vez em quando?

– Darei de boa vontade.

Não havia mais amor entre nós, mas havia estima e, acredito, uma verdadeira amizade.

Teria ela relações mais íntimas com aqueles com quem trabalhava daquela maneira? Não procurei saber. Não lhe perguntei. Tenho certeza de que teria me respondido sem embaraço.

Os quartos estavam quase todos ocupados naquela época. Meus filhos tinham quinze e doze anos. Tínhamos uma governanta um palmo mais alta do que eu, que Jeanne levou com ela quando decidimos nos divorciar.

Nós nos devolvíamos mutuamente a liberdade. Ela retomaria seu nome de solteira, com o qual sempre assinara seus artigos, e se instalaria num apartamento do Boulevard Raspail.

Ela ainda mora lá. Foi para lá que telefonei quando voltei para a minha sala.

– A sra. Laurent está em casa?

– Não, senhor. Ela está no jornal.

Jeanne dirige agora uma revista, na Rue François Ier. Ela também envelheceu. Todo mundo, ao meu redor, envelheceu, e tenho dificuldades para acreditar que estou no mesmo caso, que na verdade sou o mais velho de todos.

– Jeanne? É...

– François. Reconheço a sua voz. Eu queria mesmo telefonar para você uma noite dessas.

– Por quê?

– Para marcar um encontro. Gostaria de conversar com você. Como ainda não sei como vai estar meu tempo na semana que vem, vou ligar para você... Você tem alguma coisa a me dizer?

– Donald morreu. Ele se enforcou na oficina mecânica que tinha em Newark, em Nova Jersey...

– Conheço Newark...

Ela viajou mais do que eu.

– Foi a mulher dele quem escreveu?

– Não... Foi Pat...

– Que fim ela levou? Deve ter sido bem estranho, para você, ter notícias dela depois de tanto tempo.

– Ela está no Bellevue Hospital, numa enfermaria com vinte doentes, e tudo indica que está com câncer...

Há um silêncio.

– Fico triste por você, François. Essas duas notícias de uma só vez... Donald tinha filhos?

– Três.

– Você vai cuidar deles?

– Antes de tudo, vou lhes mandar nosso correspondente em Nova York...

Essa frase ilustra bem a diferença de temperamento entre Jeanne e eu. No meu lugar, ela teria corrido para Orly e tomado o primeiro avião para Nova York.

Para quê? Helen, a mulher de Donald, não me conhece, e talvez ele nunca lhe tenha falado de mim. Meus netos com certeza ignoram a minha existência. Quanto à Pat, o que eu poderia lhe dizer, numa enfermaria de hospital?

– Nem sei por que senti vontade de ligar para você...

– Você fez bem. Não se deixe abater demais... Vou telefonar para você daqui a alguns dias.

– Está bem.

São só dez horas da manhã e desço para entrar no carro cuja porta Émile mantém aberta. No interior, reina um bom cheiro de couro.

– Para o clube? – pergunta ele.

– É... Para o clube.

O Novo Clube, na Avenue Hoche. Ignoro por que tem esse nome. Com certeza existia outro clube antes e talvez tenha havido uma cisão.

Vou primeiro aos vestiários, no segundo andar, e visto a roupa adequada para minha meia hora de ginástica. Não somos mais do que quatro ou cinco na sala atulhada de aparelhos e, num ringue, dois homens de uns quarenta anos treinam boxe sob o olhar crítico do professor.

Pergunto a René, meu massagista:

– Está livre?

– Estou, sr. François.

Ele nunca me chama de Perret-Latour. O nome deve lhe parecer complicado demais. Além disso, René me conhece há vinte anos.

Massageando meu corpo com firmeza, raramente deixa de me felicitar:

– O senhor, pelo menos, não deixa suas carnes amolecerem.

Era gentil da parte dele. Não aparento menos do que meus 74 anos.

– O senhor vai descer para a piscina?

– Só para um mergulho.

O elevador me leva ao subsolo onde a piscina foi construída. Nesta manhã, sou o único na água. Nado por uns dez minutos e então subo para me vestir.

Ao meio-dia, estou de volta à Place Vendôme e chamo a srta. Solange ao meu escritório.

– Quer por favor ligar para Nova York? Parker ficará furioso por ser acordado às seis da manhã. A senhora sabe se ele é casado?

– Bem, ele era...

– Paciência. Ligue assim mesmo...

E espero, a carta de Pat à minha frente.

CAPÍTULO II

– Eddie? – perguntei com voz suave, a fim de atenuar sua reação.

E, como eu esperava, foi uma voz furiosa, um pouco rouca, que fez vibrar o aparelho.

– *God! Who can be crazy enough to call me at six in the morning?*

Ele sublinhou o *me* como se, entre os doze milhões de nova-iorquinos, ele fosse o último a quem se poderia incomodar tão cedo.

"*Meu Deus! Quem pode ser tão louco de me ligar às seis horas da manhã?*"

Eddie tem um metro e noventa de altura e ombros de lutador. Ao lado dele, sou um homenzinho magro e frágil.

– François! – respondi, com a mesma suavidade.

E, como parecia não compreender de imediato, acrescentei:

– Perret-Latour.

– Você está em Nova York?

– Em Paris.

Ele deve ter compreendido que, se o acordava tão cedo, era porque tinha um motivo importante.

– *I am sorry*...

Ele passa com facilidade, como eu, do inglês ao francês e do francês ao inglês. Nasceu em Paris, na época em que seu pai era embaixador dos Estados Unidos, e fez uma parte de seus estudos na França.

Que idade pode ter? Quarenta e cinco anos? Quarenta e oito? Há alguns anos tenho essa mania de fazer perguntas a respeito da idade das pessoas e dar importância a isso.

Eddie Parker é *stock brocker*, o que mais ou menos equivale ao nosso corretor de valores. Ele lida todos os dias com milhões de dólares, com muito mais do que meu pequeno banco privado. Sempre me surpreende ver gente tão jovem quanto ele assumir esse tipo de responsabilidade.

Tenho tendência a esquecer que só tinha 33 anos quando me instalei na Place Vendôme. E ainda perdi quatro anos lutando na guerra, entre 1914 e 1918, quase três anos na Aviação de Caça.

Hoje, que não dirijo nem mesmo um carro, parece-me estranho ter sido aviador.

– Também sinto muito, Eddie, mas preciso falar com você o quanto antes.

– Fui me deitar às duas da manhã, depois de ter dançado boa parte da noite...

Será para me indicar que não está sozinho? Não tenho certeza, mas, se não me engano, ele se divorciou há alguns anos. A última vez que veio a Paris, estava sozinho. Conheci sua mulher em Nova York, uma moreninha muito espevitada que não parava quieta e com quem era impossível manter uma conversa.

Deve ter sido com outra mulher que ele dançou e passou a noite.

– Não sei se ela fala francês mas, se é confidencial, é melhor que eu passe para outro cômodo...

Eddie vive na Park Avenue e sua paixão é a navegação a vela. Depois de ruídos diversos no aparelho, sua voz, mais empostada, se faz ouvir outra vez.

– Você me permite acender um cigarro?

Chego a ouvir o estalido do fósforo.

– Você se lembra de Pat?

– Não a conheci, mas já ouvi falar...

Esquecia-me de que, no tempo de Pat, ainda não o conhecia.

– Acabo de ter notícias dela, depois de mais de trinta anos...

– Vocês tinham um filho, não é?

– É... Ouça, Eddie, eu com certeza deveria correr para Nova York, mas confesso que não tenho coragem. Minha primeira mulher está no Bellevue Hospital, numa enfermaria comum...

– É grave?

– Os médicos não lhe dizem nada e acredito que se trate de um maldito câncer. Acho também que Pat não tem dinheiro... Nos últimos tempos, ela vivia sozinha numa casinha no Bronx e trabalhava num hotel... Você conhece o Hotel Victoria?

– Acho que já vi algo assim no West Side, para o lado das docas.

– Seu segundo marido foi morto na guerra... Ela recebe uma pequena pensão. Eu gostaria que você fosse ao Bellevue e tivesse uma conversa com o médico que trata dela. Vá visitá-la também... Faça com que seja instalada num quarto particular, com uma enfermeira particular, e dê o dinheiro que ela precisar, cinco, dez mil dólares, não sei...

– Entendido. E seu filho?

– Até hoje pela manhã, não sabia dele. Depois do divórcio homologado, fui riscado da vida dos dois, que aceitavam meus cheques sem acusar recebimento... Durante a guerra, era impossível mandar dinheiro da França e quando, logo depois, enviei de novo os cheques, eles foram devolvidos em seus envelopes intactos.

– O que aconteceu com o rapaz?

– Ele se enforcou semana passada...

– Sinto muitíssimo, François...

– Eu não o conhecia. Ele era casado... Você tem com o que escrever? Anote o endereço: Jefferson Street, 1061, em Newark. É um posto de gasolina na saída da cidade, na direção de Filadélfia.

"– Além da mulher, Donald deixa três filhos... Parece que fez maus negócios e que estava às vésperas de uma falência..."

– Compreendo. Você quer que eu vá até lá arrumar as coisas...

– É isso, Eddie...

– Algum limite?

– Não. É preciso pagar as dívidas, ver quanto a mulher e as crianças precisam... O mais velho trabalhava com o pai... Ignoro se ele é capaz de continuar o negócio...

– Posso falar de você?

– Deve falar. Se não, eles não compreenderiam e, de qualquer modo, Pat lhes dirá que me escreveu.

– Muito bem, François. Será feito. Telefonarei de volta daqui a algumas horas.

Nada de condolências. Não faz o gênero de Eddie Parker e também não é o que espero.

– Muito obrigado, srta. Solange. Peço desculpas por ter prendido a senhorita aqui. Imaginava que tivesse saído depois de ter me passado a ligação...

– O senhor poderia ter precisado de mim...

Parece-me que ela enrubesce um pouco, como se a impressionasse o fato de estar sozinha comigo nos escritórios desertos. Tenho tendência, com as mulheres, a esquecer minha idade. Durante muito tempo, elas me mimaram e me acostumei a alguma facilidade. Mas e agora que sou um velho?

– Bom apetite...

– Para o senhor também, sr. François.

Subi para minha casa e, quase de imediato, me avisaram que o almoço estava servido. Há muito tempo sento sozinho à mesa. Não aproveito para ler, como muitos solitários. Olho ao meu redor, meus quadros, por exemplo, entre os quais um Cézanne e inúmeros fovistas, alguns surrealistas também, como Magritte, que comprei quando não se pensava em especular com suas obras.

Em suma, passei uma boa parte da vida a me cercar de coisas que me agradam e com isso me proporcionei, me proporciono ainda, verdadeiras alegrias. A Place Vendôme me encanta tanto como quando me instalei aqui e a conheço a todas as horas do dia e da noite, sob todas as luzes.

Continua chovendo, a mesma chuva invisível, que dá a impressão de um vidro embaçado entre meus olhos e a paisagem. Passam carros, pedestres.

A sra. Daven me serve e pode acontecer que conversemos durante a refeição. Cabe-me sempre começar, enquanto ela vai e vem discretamente.

– Tive uma manhã ruim, sra. Daven...

Por nada no mundo ela deixaria para Rose, a arrumadeira, o trabalho de me servir. Tive um mordomo na época em que recebia muito, mas, depois que me vi sozinho, livrei-me dele.

Até onde sei, a sra. Daven tem cerca de quarenta anos e não conheço quase nada do seu passado. Foi uma agência de empregos quem a recomendou com entusiasmo, mas ela não me mostrou qualquer carta de referência. Suponho que seja viúva. Ela nunca fala de seu marido, nem da vida que levou antes da Place Vendôme.

A sra. Daven se ocupou de mim com toda a naturalidade, como se fosse sua missão. Quando tive uma pneumonia, há quatro anos, cuidou de mim com tanta inteligência que Candille ficou impressionado.

– A senhora foi enfermeira? – ele lhe perguntou, na minha frente.

Ela contentou-se em responder:

– Tive oportunidade de cuidar de doentes...

Não deu maiores explicações. Terá sido na família, num hospital ou numa clínica?

Nossa relação é de confiança. Sinto que sua vida é minha casa, que nada mais existe para ela fora daqui.

– Minha primeira mulher está muito doente, em Nova York, e um filho que tive com ela se enforcou semana passada...

– O senhor está triste?

Parece que me adivinha. Não, não estou propriamente triste. Estou apavorado, sem dúvida. Melhor, atônito. Todos não imaginamos que a vida vai continuar sem mudanças?

– Quando o senhor viu sua primeira mulher pela última vez?

– Em 1928.

É a única Pat que conheço, aquela de então, jovem e alegre.

– Ela o deixou?

A sra. Daven faz suas perguntas com tanta simplicidade que não me parecem indiscretas.

– Sim. Ela pretextou uma estadia de algumas semanas nos Estados Unidos... Não se acostumava a Paris... Meu filho era só um bebê... Mais tarde, fiquei sabendo que ela tinha pedido e conseguido o divórcio.

– Mas mesmo assim o senhor sente remorsos, não é?

Ainda agora, estava convencido de que não sentia remorsos, que sempre fiz o que deveria ter feito. Como ela adivinhou? É verdade: desde que li aquela carta dramática, sinto um peso no peito. Telefonei para Eddie e o acordei às seis da manhã. Mais uma vez, estou cumprindo meu dever.

Não foi o bastante para me deixar com a consciência tranquila. Só Deus sabe se é o caso de um passado distante e se tenho todas as razões para sentir raiva de Pat.

Vejo-a velha, esquelética, com a barriga inchada, parecida com uma mendiga que por muito tempo vendeu violetas na calçada da Rue de Castiglione.

Esqueci os traços de Pat. Devem existir fotos em algum lugar, não sei onde. Será preciso pedir à srta. Solange. Ela só está no banco há uns dez anos e, embora às vezes trabalhe para mim, não é mais minha secretária particular. A antiga, Pauline, com quem eu, de vez em quando, fazia amor em meu gabinete, casou-se e vive no Marrocos. Foi ela quem arquivou as fotos.

Para quê?

Parece que a sra. Daven vai e vem mais devagar do que de hábito, sem o menor ruído, como se houvesse luto na casa.

– Nossos atos nos seguem... – digo, não sem amargura.

E, como ela me olha com surpresa, acrescento:

– Não sei mais quem disse isso. A frase não é minha. Ela me surpreendeu há muito tempo e cada vez mais percebo sua verdade...

– O senhor poderia também dizer que cada um segue seu destino, queira ou não...

É minha vez de olhá-la. Ela leu muito, compreendi isso em algumas das nossas conversas, sobretudo obras que poucas mulheres conhecem, com exceção das universitárias. Ela parece também ter viajado muito e ter se hospedado em grandes hotéis, tanto na Côte d'Azur quanto na Itália, Grécia ou Inglaterra.

É provável que nossos caminhos tenham se cruzado. Por que, um belo dia, ela se apresentou numa agência de empregos? Ela poderia ter conseguido trabalho num escritório, numa loja comercial. Eu estava em busca de uma arrumadeira que tivesse iniciativa e não pensava numa governanta. A sra. Daven foi aos poucos assumindo essa função, enquanto Rose passou a cuidar apenas da arrumação e das faxineiras.

– O senhor pretende ir aos Estados Unidos?

Tentei decifrar em seu rosto o que realmente pensava.

– Não – acabei confessando. – Não tenho coragem. Meu correspondente em Nova York vai fazer o que for preciso e me manterá informado...

Ela me julga, com toda certeza. É praticamente impossível viver em contato permanente com alguém sem julgar seus gestos e atitudes.

Será que me aprova? Acreditará que tenho o coração de pedra comumente atribuído aos banqueiros?

Ela deve saber que o dinheiro, em si, não me interessa. É bem verdade que estou acostumado a algum luxo, alguma liberdade de ação que só a fortuna pode dar. E não foram muitas as vezes em que desejei abrir mão disso.

Em nossa casa, em Mâcon, a vida era confortável, mas de uma simplicidade provinciana cuja falta muitas vezes senti. Tudo era caloroso, reconfortante. A família formava um todo e ninguém nunca estava sozinho.

Talvez isso só seja real em minhas lembranças. Meu pai bebia muito. Sua profissão assim exigia, mas, sobretudo nos últimos anos, ele exagerava. À noite, à mesa, ele nos olhava com olhos vidrados e nos falava com voz pastosa, repetindo nos mínimos detalhes tudo o que tinha nos dito ao meio-dia.

Tendo ficado muito gordo, andava com as pernas um pouco afastadas, a barriga na frente.

Nunca ouvi minha mãe dirigir-lhe qualquer observação a respeito. Ele era o homem, o chefe da família. Para nós também. Nem por isso deixei de partir em vez de me preparar para ocupar o seu lugar à frente da casa.

Por que essa época me parece melhor do que as seguintes? Pela relativa paz que reinava em nossa casa e na cidade?

O rio Saône corria tranquilamente sob nossas janelas, e as barcaças ainda eram puxadas por cavalos. Algumas eram amarradas em frente à casa e carregadas com barricas roladas pelo meio da rua. Os carros eram raros. Havia um ferrador a cem metros do portão.

Não foi por dinheiro que vim para Paris. Também não se tratou de uma fuga. Será que Pat fugiu? Apostaria que, ao deixar a França com Donald, ela ignorava que iria a Reno pedir o divórcio.

Eu poderia ter sido pobre. Mas, então, seria realmente pobre. O que menos teria suportado seria a mediocridade, uma determinada forma de mediocridade que quase sempre se faz acompanhar pela feiura do cenário.

– O senhor vai fazer a sesta?

Ela não ignora que a faço todos os dias. Nem por isso deixa de me fazer a pergunta como se não fosse um fato incontestável. E, na verdade, não se trata de uma necessidade. Eu não fazia a sesta há quatro anos, quando dirigia pessoalmente o banco.

Nem sempre durmo. É mais um recolhimento em mim mesmo, um estado de vigília. Pouco a pouco, as imagens se embaralham na minha cabeça, recordações voltam, algumas inesperadas, quase todas imprecisas, e nunca sei o que vai subir à superfície.

Não mudo de roupa e a cama não é aberta. Isso me daria a impressão de estar doente. Ou morto. Quando estou assim deitado de costas, as mãos juntas sobre o peito, pode acontecer que me veja morto, imagine as velas, os ramos na água benta, cochichos ao redor. Apresso-me então a separar os dedos.

– Boa sesta, senhor – me diz ela, fechando a porta com suavidade. E estou só.

Pergunto-me se não estive sempre só. Fui casado três vezes e em todas as vezes acreditei, em todas as vezes fui sincero. Tenho três filhos, ou melhor, tinha três filhos, já que um deles acaba de morrer. Tenho netos também, tanto em Paris quanto em Nova Jersey.

Pat está sozinha em seu leito de hospital, espiando estranhas que por sua vez a espiam, cada uma tentando saber se as outras sofrem igual.

Gostaria que Candille viesse hoje. Ele vem de vez em quando jantar comigo e passamos a noite conversando, saltando preguiçosamente de uma ideia a outra. Durante o dia, ele só vê doentes. Poderíamos pensar que já se acostumou.

– Não acredito que muitos de nós nos acostumemos de verdade – confessou-me ele uma noite em que acabava de ser chamado à casa de um paciente. – Saber que o homem ou a mulher que deixamos e que nos agradece sorrindo só tem algumas semanas ou alguns dias de vida e que, na maioria das vezes, a existência de todo um grupo humano, de toda uma família, vai ser transformada...

O que será transformado, depois de mim? Quem assumirá o banco? Estranhos. Um grupo financeiro qualquer. Ou então será decidida uma fusão com um banco mais importante, como é a tendência atual.

Os dois filhos que tive com Jeanne Laurent não demonstraram qualquer disposição de trabalhar comigo. Aliás, afastaram-se decididamente, como outrora me afastei de Mâcon.

Pelo menos deixei um irmão para continuar o negócio dos vinhos. E o filho do meu irmão, por sua vez...

As cortinas estão fechadas. Estou no escuro, pálpebras cerradas, e os ruídos da Place Vendôme começam a esmorecer.

Não durmo, mas quase. Por que ela me perguntou se eu sentia remorsos? Estou falando da sra. Daven. Como em geral se morre à noite ou de manhãzinha, há todas as chances de que seja ela quem me fechará os olhos. Será também ela quem cuidará da minha toalete? É provável, e é o que mais detesto na morte. Deveríamos partir de um modo limpo.

Em sua carta, Pat me diz que elas são levadas antes que morram. Deve então existir, nos hospitais, um quarto para morrer. Depois, descem elas para uma espécie de necrotério e a roupa de cama é desinfetada.

A esta hora, Eddie está a caminho de Bellevue. É um homem cheio de vida, alegre, enérgico. Não desconfia de que um dia começará a sentir coisinhas, pequenas dores quase imperceptíveis aqui e ali.

Hesitamos para consultar um médico. Enfim nos decidimos e esperamos com angústia o veredicto enquanto ele nos examina:

– Não é grave.

Nunca é grave, no início. Pat começou emagrecendo e se sentindo mais cansada depois de sua jornada de trabalho. Campainhas de alarme começam a soar cada vez com mais frequência e o médico, para nos enganar, nos interroga com um bom humor insistente.

Estou nesse ponto? Tenho quase certeza de que não. Tenho bom apetite. Minha digestão é perfeita. Minhas noites são quase sempre tranquilas.

Vou ao clube todas as manhãs e faço conscienciosamente minha meia hora de ginástica antes que René me massageie, e depois ainda tenho energia para nadar.

Jacques, o mais velho de meus filhos, não faz tudo isso. Acontece até de não sair o dia todo da sua galeria, na Rue Jacob. Raramente o vejo. Ele não sente necessidade de manter contato comigo, a não ser quando tem problemas. Ia dizer que se trata de um perfeito egoísta e, no mesmo instante, penso nos meus dezessete anos, em minha chegada a Paris, nas raras cartas que enviei a meus pais.

Durante a guerra de 1914, quando estava de licença, não me dava o trabalho de descer até Mâcon, preferindo levar uma boa vida durante alguns dias em Paris.

Nunca falo nisso. Parece ridículo. Tenho horror das pessoas que se regozijam com a guerra...

Tudo o que quero dizer é que tive sorte. Como meus camaradas, realizei um certo número de missões e abati alguns aviões alemães. Ora, sou um dos poucos da minha esquadrilha que não foi morto ou ferido. Uma vez, fui forçado a aterrissar além das linhas inimigas e consegui escapar sem ter sido feito prisioneiro.

Estou com calor. Afasto a imagem de uma Pat que se parece cada vez mais com a pobreza da Rue de Castiglione e me esforço para não pensar em coisa alguma. Talvez tenha feito mal em deixar meu posto na direção do banco.

*

Não telefonei ao dr. Candille para lhe pedir que viesse me visitar à noite. Eu o farei amanhã ou outro dia, quando estiver com o humor menos sombrio.

A tarde foi desagradável. Para começar, uma sesta ruim, com um verdadeiro pesadelo, quando sequer estava dormindo de verdade.

Quando a sra. Daven abriu as janelas e me ofereceu a xícara de café, não a degustei como de costume. Bebi mecanicamente, sem satisfação.

– Ninguém me telefonou?

– Não, senhor.

Seria, aliás, impossível. Era preciso dar tempo a Parker para que fosse primeiro a Bellevue, depois a Newark, em Nova Jersey.

Troquei meu robe pelo paletó e desci à sala de telecomunicações. Além de Justin Roy, encarregado da Bolsa, dois ou três clientes, em suas poltronas, tomavam notas em silêncio.

Sentei-me e, como eles, observei os números que se inscreviam nas tiras de papel branco.

Um mal-estar pesava sobre meus ombros, como um pressentimento. Há pouco, enquanto tentava dormir, imóvel em minha cama, pareceu-me que a doença de Pat, o suicídio de Donald, eram apenas o começo de uma série.

Não sou supersticioso, mas, em relação a questões financeiras e a cartas, minhas intuições raramente me enganaram. Não fosse assim, não existiria o Banco Perret-Latour.

Devo acreditar que essa intuição funciona também no que diz respeito à minha vida privada? Talvez. Não sei. Prefiro não saber.

Por que uma série, de repente? E quem seria a próxima vítima, enquanto não chega a minha vez?

Não quero pensar nisso. Olho para os números com mais atenção e brinco de adivinhar os que vão se inscrever. Acerto quase sempre.

Às cinco da tarde, volto para meu escritório e pergunto à srta. Solange se não houve telefonemas de Nova York. Continua a chover e agora é chuva de verdade, que traça linhas de sombra nas pedras cinzentas das casas. A coluna, no meio da praça, é de um preto reluzente. Está tão escuro que preciso acender as luzes, como fizeram nas lojas da praça.

Leio os jornais da tarde. Fumo o dobro de cigarros que de costume. Somente à noite, depois do jantar, é que fumo de vez em quando um charuto, sempre em minha poltrona, como se fosse uma recompensa que me concedo.

Isso data sem dúvida da minha infância, das caixas de charutos, três ou quatro, que se empilhavam na lareira do salão e que meu pai só abria quando tínhamos convidados ou um cliente importante.

Às seis da tarde, calculo que seja meio-dia em Nova York. A porta do banco está fechada há quatro horas, mas nem por isso o pessoal deixou de trabalhar até agora. Vejo a srta. Solange de capa de chuva bege, um chapéu bege na cabeça.

– O senhor não precisa mais de mim?

– Não, minha filha, obrigado. Boa tarde.

Aonde ela vai? Como é sua vida privada? Não tenho a menor ideia. Muitas vezes me fiz essa pergunta quando dirigia o banco e conhecia todos os funcionários. Mais exatamente, conhecia-os no escritório, onde passavam cerca de um terço de seu tempo.

Era sobre esse terço que os julgava. Acredito que para alguns deles, sobretudo para os chefes de escritório, era o terço que valia mais e que, em suas casas, eles só encontravam uma vida monótona, cheia de pequenas preocupações, sem autoridade ou prestígio.

Conversamos por alguns minutos, Gabillard e eu. Ele é um bom diretor. É bastante jovem e poderá ficar ainda por muito tempo em seu posto. Ele não desconfia que eu o inveje.

Coloco meus pensamentos e meu estado de ânimo um atrás do outro, em desordem, como me vieram. Pensei em coisas ridículas, como a que acabo de escrever. Não tenho qualquer motivo para invejar Gabillard e na verdade não o invejo.

É um pensamento apenas insinuado, como acontece quando se está deprimido. Se invejasse Gabillard por sua idade e pelo tempo que lhe resta de vida, não haveria motivo para eu não invejar um bebê de alguns dias.

Tive a chance de realizar na vida quase tudo o que pretendi. Até o momento, não fui acometido pela maioria dos males morais ou físicos que atacam a maioria dos homens.

Isso significa que gostaria de recomeçar? Não é a primeira vez que penso nisso, e todas as vezes a resposta foi *não*. Nem em tudo, nem em parte. Para cada época encontro, com o distanciamento, alguma coisa aborrecida, inacabada.

Tenho com frequência vergonha do homem que fui, em tal ou tal momento.

Então, por que me queixar? Aliás, não me queixo. Deixei-me impressionar mais do que imaginaria pelas notícias da América e tenho pressa de acabar com essa preocupação. É por isso, com certeza, que espero o telefonema de Eddie com tanta impaciência.

Fico sozinho nos escritórios até sete da noite e sou eu quem apaga as últimas luzes, quem fecha a porta dupla depois de ter certificado que o sistema de alarme está ligado.

Jamais tivemos a menor tentativa de roubo! Nem qualquer funcionário desonesto!

No segundo andar, entro no salão e passeio com as mãos atrás das costas. O salão é muito grande. Dei ali recepções para até duzentas pessoas.

Instalava então o bufê sob a grande tela de Picasso, que comprei logo depois da guerra. É menos célebre do que a *Senhoritas de Avignon*, mas eu a prefiro. Nunca comprei um objeto de arte por seu valor de mercado, nem por especulação.

Ignoro por que, de repente, por volta de 1936, deixei de visitar as galerias e os ateliês. Houve um corte. A arte atual me deixa frio. O erro é meu, pois não há razão alguma para que os artistas de hoje tenham menos gênio ou talento do que os de ontem e anteontem.

Sem dúvida, cada um de nós é capaz de percorrer um determinado caminho. Amei os impressionistas, depois os fovistas. Tenho um Vlaminck de 1908, um rebocador num Sena de um vermelho-sangue que ilumina todo um canto do salão.

Tenho também um Braque e continuei a me apaixonar pela pintura até o fim do surrealismo, na medida em que tenha acabado.

Tenho pressa de que Eddie me chame. Amo meu salão. Amo o apartamento tal como o concebi ou mobiliei. Amo também a Place Vendôme e o refinamento de sua arquitetura, a exatidão de suas proporções.

Haverá ainda, dentro de alguns anos, pessoas para habitar um apartamento como o meu? É improvável. O mundo muda, e isso é normal. Sou o primeiro a aplaudir todas as mudanças e, à espera delas, aproveito com um pouco de vergonha o que ainda me é permitido possuir.

Meu filho Donald, que não falava francês e que devia se espantar por se chamar Perret-Latour, morreu por falta de um pouco de dinheiro para manter funcionando o seu pequeno negócio. Se tivesse me pedido, teria ajudado sem hesitação. Daria tudo o que ele quisesse.

À Pat também, que em vez de me confiar suas dificuldades, pôs-se a trabalhar num hotel duvidoso no bairro das docas.

Aqueles dois me rejeitaram, e me pergunto a razão, porque não tenho consciência de ter merecido. Eles sabiam que, durante a guerra, não podia entrar em contato com eles. Por que, depois, devolver meus cheques sem sequer abrir os envelopes? Ou Pat teria se mudado?

Os pobres têm pudor, e ela tornou-se pobre depois da morte do marido.

No fundo, não me preocupei muito e quase não pensei neles. Eis porque fiquei surpreso, essa manhã, ao saber que Donald era um homem de 42 anos que tinha três filhos, dentre os quais um rapaz de vinte anos. Sempre preciso fazer as contas. Para meus outros filhos também. Tudo passa depressa demais. E a maioria das pessoas se empurra para ir ainda mais depressa.

Abro um armário de bebidas, de madeira de acaju, e me sirvo uma dose de vinho do Porto. Bebo pouco. Nunca fui o que se chama de um beberrão, graças a Deus.

Ouço a mesa ser posta na sala de jantar e não demorará até que me anunciem que está servido. Então Parker vai me telefonar no meio da refeição.

Não. O telefone toca. Atiro-me para o aparelho. Tiro o fone do gancho ao mesmo tempo em que me sento numa poltrona.

– Alô! François?

Não é Eddie. É Jeanne Laurent.

– Boa noite, Jeanne...

– Não estou incomodando?

– Continuo à espera da ligação de Nova York. Talvez venha muito mais tarde...

– Você não está muito deprimido?

– Não muito...

– Eu também pensei muito em Pat. Que idade tem a pobre moça?

– Sessenta e dois anos.

– E eu tenho sessenta...

Ela disse pobre moça em vez de pobre mulher.

– Suponho que você não queira que eu vá visitá-lo esta noite.

Será que quero que ela venha hoje? Digo, um tanto desanimado:

– Por que você não viria?

– Não. Não é o dia... E não há nada de urgente...

– Você também está com problemas?

– Não...

– Uma das crianças?

– Também não...

– Como vai Nathalie?

Nathalie vai fazer dezesseis anos. É minha neta, filha de Jacques, o meu filho que tem uma galeria de arte na Rue Jacob. Ele se casou, muito jovem, com uma moça encantadora e cheia de vida que morreu quatro anos depois num acidente de automóvel. Jacques não se casou de novo. Contenta-se em ter amantes que nunca conserva por muito tempo. Foi Jeanne Laurent quem tomou Nathalie sob seus cuidados, e as duas vivem no apartamento do Boulevard Raspail.

Nathalie me visita de vez em quando e tenho sempre a impressão de que me olha com surpresa, talvez com ironia.

– Vai bem. Sai um pouco demais para o meu gosto, mas ela aguenta... Telefono para você daqui a dois ou três dias...

– Fico satisfeito...

– Boa noite, François!

– Boa noite, Jeanne!

Antes, era na cama que nos dávamos boa noite. Tudo isso é estranho e bem complicado. Esvazio meu copo antes de passar para a sala e tenho tempo de jantar sem ser interrompido pelo telefone. A sra. Daven vai e vem à minha volta e às vezes trocamos algumas palavras.

Depois, vejo-me sozinho no meu gabinete todo em couro. Não tenho disposição para ler. Não posso sair. Um pouco antes das nove horas da noite, finalmente, o telefone toca. É uma ligação de Nova York e quase de imediato ouço a voz grossa de Eddie:

– *Hello, François... I am sorry...*

Então ele começa a falar em francês.

– Estou embaraçado por ligar tão tarde mas, quando voltei ainda há pouco, precisei tratar de um caso importante.

São três horas da tarde em Nova York, um dos momentos mais agitados do dia, sobretudo para um financista.

– Você viu Pat?

– Vi.

– Como ela está?

– Mal. Ela me olhou com surpresa, como se não fosse eu quem esperava ver. Eu disse que ia em seu nome, que era um amigo, que já tinha tomado providências para que lhe dessem um quarto particular.

"– Ela franziu a testa e olhou para as camas ao seu redor. Senti que ela hesitava. No fim, sacudiu a cabeça:

"– Não. Prefiro ficar por aqui. Eu me aborreceria sozinha...

"– A senhora terá uma enfermeira particular que não se afastará...

"– Ela refletiu outra vez. É uma mulher que passa a impressão de ter pensado muito.

"– Uma enfermeira não é a mesma coisa.

"– Você compreende, François, seria a visão das outras doentes o que lhe faria falta.

"– Avisei-lhe que tinha depositado cinco mil dólares em nome dela na conta do hospital e ela murmurou:

"– Para o enterro?

"– Eu disse também que você gostaria que ela se recuperasse. Então ela me perguntou:

"– Ele não está doente? Mas se é muito mais velho do que eu...

"– Desculpe, François, mas achei que você preferiria saber de tudo.

"– Só quando disse que iria a Newark foi que ela se interessou.

"– O senhor acha que ele vai ajudá-los? Helen é uma boa mulher, ela merece. Bob, o mais velho, é um rapaz capaz e tenho certeza de que, se lhe dessem os meios...

"– Fui encarregado pelo seu ex-marido de lhes fornecer...

"– Mesmo que se trate de muito dinheiro?

"– Devo fazer o que for preciso.

"– Então, muito bem. Agradeça-lhe por mim...

"– Compreendi que era o fim, que qualquer outra coisa que dissesse não a interessaria mais. Aliás, ela fechou os olhos, como para me fazer compreender que não desejava que eu ficasse mais tempo."

– Você esteve com o médico que cuida dela?

– Consegui encontrá-lo no corredor, quando fazia a ronda. Seu nome é Feinstein e me deu a impressão de ser um homem capaz.

"– Muito escrupuloso também. Antes de responder às minhas perguntas, fez questão de saber quem eu era, por que eu me interessava por Pat. Coloquei-o a par da situação.

"– Ela tem razão – declarou-me ele quando lhe falei do quarto particular. – Uma mulher como ela precisa de companhia e solidariedade...

"– Suponho tratar-se de um câncer.

"– Câncer de útero. O tumor parece crescer rapidamente e o cirurgião hesita em operar. Procuramos diminuir o número de células atingidas antes de tentar uma intervenção...

"– Ela tem chances de se sair bem?

"– Se a operação for bem sucedida, terá mais um ou dois anos, talvez três...

"– De vida normal?

"– De vida...

"– Ela continuará doente?

"– Sem dúvida.

"– O que os senhores fazem, nessas condições?

"– Ele compreendeu o alcance da minha pergunta e me olhou um tanto friamente, como se eu acabasse de tocar em sua honra profissional.

"– O máximo – disse ele afinal.

"– Enfim, quando me decidi a falar de dinheiro, ele pediu que me dirigisse à administração do hospital e se afastou em direção à porta de uma das enfermarias.

"– Quanto à Pat, é tudo... Lamento não poder dar notícias melhores.

"– Fui depois a Newark e foi bem fácil de achar a oficina e as bombas de gasolina. Uma mulher de traços tensos, de cabelos mal penteados, estava sentada num escritório composto por uma baia envidraçada nos fundos da oficina.

"– Lápis na mão, ela examinava um grosso maço de faturas, escrevendo números em colunas num bloco.

"– Deve ter sido bastante bonita. É uma loira, de um loiro acinzentado, pele muito branca, que nunca deve ter tido uma saúde muito boa.

"– Eu lhe disse quem sou, acrescentando que estava ali em seu nome. Um rapaz de macacão azul, que trabalhava num carro, entrou no escritório e me olhou da cabeça aos pés, com um olhar desconfiado.

"– O que ele quer? – perguntou à mãe.

"– Ele vem da parte do seu avô...

"– Então ele existe mesmo?

"– Você é o Bob? – perguntei.

"– Sou. E o que mais?

"– Você se sente capaz de levar em frente os negócios?

"– Por que não me sentiria?

"– É o que você quer?

"– Cresci numa oficina mecânica, não?

"– Quanto seria preciso para pagar todos os credores?

"– Ele se virou para a mãe, a testa franzida.

"– Qual é a desse cara?

"– Parece que sua avó escreveu para Paris...

"– Bom. Nós temos dívidas, tá certo, mas muito menos do que se imagina. Eu, pelo menos, não acredito que tenha sido essa a causa do gesto do meu pai. Porque ela deve ter contado isso também... Desde que voltou da Coreia, ele tinha febres que o atacavam de tempos em tempos e o deixavam fora de si... Mas isso é problema nosso. Quanto a nossas dívidas, o que você acha, cara?

"– Acho que com dez mil dólares...

"– Um garoto de uns quinze anos voltava da escola e nos observava através do vidro. Ele também tinha a testa franzida. Toda a família, a gente sente, ficou traumatizada com o gesto do pai."

– Como foi que acabou?

– Fiz um cheque de vinte mil dólares. Eles não acreditavam em seus olhos e conservavam alguma desconfiança. Cada um deles pegou o cheque duas ou três vezes.

"– Seu sogro vai escrever – prometi à mulher. – Ele lhe confirmará que, se vocês tiverem qualquer dificuldade, podem pedir ajuda a ele..."

Escuto Eddie falar tentando imaginar a cena, os olhares dos dois rapazes, dos quais um ficou do lado de fora da baia envidraçada, os olhos "mais cansados" de Helen, que nunca vi. Há também uma menina, mas não me falam dela e suponho que deveria estar ainda na escola.

– Até onde posso julgar, eles ficaram aliviados por ver a solução dos problemas. Ao mesmo tempo, alguma coisa os perturba. É inesperado demais para eles, quase misterioso, e, afinal de contas, teriam sem dúvida preferido que a salvação viesse de outro lugar.

– Acho que compreendo...

Fico um tanto surpreso, confesso, ao ouvir o brutamontes do Eddie Parker pronunciar com convicção:

– Eu também.

Não teria imaginado que ele fosse um homem capaz de compreender esse tipo de escrúpulos.

– Eu lhe agradeço, Eddie.

– De nada... Fiz o que pude. Prometi voltar dentro de alguns dias. Não ousei oferecer um de nossos contadores para ajudá-los a botar os negócios em ordem...

– Seria mais prudente...

– Acho que sim. No seu lugar, eu lhes escreveria. À sua ex-mulher também.

– Talvez... É...

– Alguma coisa errada?

– Estou um pouco abalado. Vai passar...

– Boa noite, porque aí já é noite.

– Boa tarde, Eddie! E mais uma vez, obrigado.

Desligo lentamente o telefone, e o silêncio absoluto me surpreende. Por um instante, tenho a impressão de que não há ninguém além de mim no andar, em todo o prédio, que todos desertaram. Ainda assim, continuo em minha poltrona, por respeito humano, e não aperto a campainha.

Está tão vazio... Minha vida é tão... Não! Desta vez, me aprumo. Não vou me entregar. Volto ao salão que já foi apagado e acendo todas as luzes, inclusive as do grande lustre. Como para uma recepção. Como para uma festa. Vou e venho, as mãos nos bolsos. Lamento que as venezianas me impeçam de ver os lampiões da Place Vendôme, as poucas silhuetas que devem atravessá-la sob a chuva. Dez vezes dou a volta na sala, olhando cada quadro, cada móvel, cada objeto.

Tudo isso não é uma parte de mim, do que fui em tal ou tal época? Sou capaz de pôr uma data em cada coisa, de dizer em que circunstâncias e com que humor adquiri cada coisa.

Como eles se comportarão na hora da partilha? Porque isso será causa de problemas complicados. E como minha família de Paris acolherá meus herdeiros da América?

Esse pensamento me faz sorrir por um instante. Tenho a impressão, bem passageira, de ter pregado a todos uma boa peça.

É encorajador. Recupero as forças. Começo a apagar as luzes, atravesso o gabinete e entro no meu quarto, de onde chamo a sra. Daven.

– Acho que devo tomar um sonífero. Qual foi o que me fez tão bem na última vez?

– Vou trazer para o senhor...

A cama está preparada com as cobertas, meu pijama estendido sobre ela, os braços abertos em curiosa atitude.

Meia hora depois adormeço, e nada existe além das cortinas que são abertas pela manhã, de um sol pálido no céu e do cheiro do café.

CAPÍTULO III

Estou em meu escritório desde as 9h05 e, do outro lado da janela, a Place Vendôme está clara e alegre. Entretanto há vento, pois nuvens de um branco levemente dourado correm depressa pelo céu, e às vezes os pedestres seguram seus chapéus, ameaçados por uma borrasca.

Não é mais verão. Ainda não é realmente outono, embora ontem, ao passar pela Champs-Élysées para chegar à Avenue Hoche, eu tenha visto folhas mortas no chão.

Hesito em chamar a srta. Solange para lhe ditar as duas cartas que preciso mandar. Só escrevo à mão quando é indispensável, em geral curtos bilhetes de cortesia para recusar um convite ou para aceitá-lo.

Minha letra, também, tornou-se um pouco entrecortada. Isso me contraria, pois vejo aí um sinal de envelhecimento. Depois de algumas linhas, minha mão tem tendência a tremer.

Primeiro, Pat. O que dizer a ela? Estou muito afetado por sua decadência. Preferiria saber que tinha um final mais feliz, mas não estou muito interessado.

Ela foi minha mulher. Quando nos casamos, em Nova York, pensávamos que passaríamos a vida juntos, que éramos indispensáveis um ao outro.

Dormimos na mesma cama. Nossos corpos foram um só. Pat me deu um filho, como se diz. Tenho horror dessa expressão. Por que seria um presente, por parte de uma mulher, o fato de fazer um filho?

Durante quase quarenta anos, não tive notícias dela e isso não me fez falta. Da noite para o dia, de alguma forma, ela se tornou uma estranha e continua a ser.

Isso não se parece com a ideia que fazemos do amor aos vinte anos. Será que sou incapaz de amar? Ela também, nesse caso. E tantas outras pessoas que conheci formando um casal e que reencontrei depois tendo voltado a ser indivíduos.

Minha cara Pat

Escrevo em inglês, é claro. Se ela não aprendeu francês em Paris, não deve ter aprendido quando voltou para Nova York. Esforço-me para fazer letras maiores e mais claras do que de costume, para que ela não tenha dificuldades de ler.

Estou muito triste por saber que a sua saúde deixa a desejar e que você se encontra momentaneamente no Bellevue. Gostaria de ir vê-la mas me é impossível sair de Paris neste momento.

É formal, convencional, e me detesto por minha frieza, por meu distanciamento. No fundo, se ontem fiquei abalado – pois me dou conta de que fiquei –, não foi por pena dela nem do meu filho.

A verdadeira razão é que vi desaparecer uma parte do meu passado. Isso me lembrou que aquele passado era muito longínquo, que o futuro havia encolhido e continuava a encolher numa velocidade vertiginosa.

Eis que Pat tinha se transformado numa mulher velha e terminal!

> *Mandei um de meus amigos procurá-la para que cuide de você e que faça o que for preciso para que a sua vida seja o mais confortável possível. Conheço-o há muito tempo. Ele me telefonou depois ter estado com você e me disse que você é muito corajosa.*

Não é verdade, mas as pessoas gostam de acreditar que são corajosas.

> *Ele também esteve com o dr. Feinstein, que causou nele excelente impressão. Parece que é um clínico de primeira linha e que se interessa muito por você. Daqui a algum tempo, você talvez precise se submeter a uma leve intervenção cirúrgica que lhe devolverá todo o vigor.*

Será que tentarão me mentir com tanta desenvoltura? E me deixaria levar como os outros?

> *O que aconteceu com Donald deve ter abalado você profundamente. Eu mesmo, que não o via há muito tempo, estou bastante comovido. Pelo que meu amigo Parker me disse da conversa com a família dele, ele foi muito afetado pela guerra da Coreia, e lamento que não tenha me pedido ajuda quando se viu diante de dificuldades.*
>
> *Parker esteve com sua mulher e seu filho mais velho. Helen é uma mulher de bem, e Bob é mais maduro do que o comum na idade dele. Eles mantêm a oficina e o posto de gasolina. Tudo o que for preciso será feito para*

regularizar a situação com os credores e não haverá mais problemas no futuro. Você pode contar comigo.

Nas próximas semanas, tentarei ir a Nova York.

Não é verdade. Não tenho a intenção de rever esses fantasmas de muito perto. Aliás, não viajo mais.

Espero encontrá-la com boa saúde e irei abraçar meus netos.

Envergonho-me dessa frase estupidamente sentimental. Ajudo-os e continuarei a ajudar, sem dúvida. Eles têm laços comigo, mas não os sinto.

Continue a ter coragem e paciência.
Até breve, minha cara Pat.
Um beijo.

Hesitei em escrever essas últimas palavras porque me seria difícil, creio, beijá-la realmente. Quase assinei meu nome por extenso, como assino as cartas comerciais. Parei a tempo, depois do primeiro nome.

Essa carta me exigiu mais esforço do que me exigiria um dia inteiro de trabalho há poucos anos. Vou até a janela e acendo um cigarro olhando a fachada do Ritz atrás da coluna de bronze. Há pombos em volta dela. Nunca presto atenção nos pombos, não sei por que, pois eles pertencem à paisagem.

É melhor que faça agora mesmo a segunda carta. A quem endereçá-la? À minha nora? Não a conheço. Tudo o que sei dela é o que me disse meu amigo Eddie ontem à noite por telefone. Não sei muito mais a respeito do meu neto mais velho. Minha cara Helen? Não se escreve assim a uma estranha.

Meu caro rapaz

É menos pessoal e, afinal de contas, é ele quem vai cuidar da pequena família de Newark.

Tão logo recebi, ontem pela manhã, a carta de sua avó me participando a infelicidade que...

Não! Não a esse ponto.

... me participando o que aconteceu, tive vontade de pegar um avião e ir vê-los. Infelizmente, não sou mais jovem e, no momento, estou proibido de fazer viagens longas.

Hesito, talvez por superstição, ao falar assim da minha saúde. Sou perfeitamente capaz de passar algumas horas num avião. Não tenho coragem de recomeçar a carta.

Lamento também nunca ter recebido notícias do seu pai, de quem não tinha o endereço. Gostaria de tê-lo ajudado. Chego tarde demais em relação a ele, mas faço questão que sua mamãe e vocês três não tenham mais preocupações.

Enrubesci ao escrever a palavra *mamãe.* Tudo isso me dá a impressão de uma covardia, quase de uma traição. Não falo assim. Não penso assim. Parece que quero me penitenciar por não sei qual pecado. Ora, não me sinto culpado.

Ontem, talvez? Nem isso. Não culpado em relação a eles.

Você recebeu a visita de meu amigo Eddie Parker, e ele deve ter lhe deixado seu endereço. Pode ter plena confiança nele. Conheço-o há muito tempo e é ele quem se encarrega de meus negócios nos Estados Unidos.

Ele me disse, por telefone, que teve uma excelente impressão a seu respeito. Tenho, portanto, esperanças de que você poderá trabalhar nas melhores condições possíveis e tenho a certeza de que você terá uma ajuda preciosa de sua mãe.

Dela também meu amigo Parker só falou bem. Lamento apenas saber que ela está adoentada, o que é compreensível considerando as circunstâncias.

Tenho estima por ela, que pode contar sempre comigo. Transmita ao seu irmão e à sua irmã os melhores sentimentos do seu avô distante.

Tenho pressa de conhecer todos vocês.

Afetuosamente.

Ufa! Não ouso reler. Colo depressa os dois envelopes e vou levá-los à secretaria antes que tenha a tentação de rasgar tudo.

– Mande pôr no correio com urgência, por favor.

– Expressas?

– Sim, aéreas e expressas.

Isso tudo não me impede de ir ao clube, fazer minha meia hora de ginástica, receber minha massagem e depois nadar um pouco. Quando saio do prédio da Avenue Hoche, o vento acalmou e o sol está quase quente.

– Espere-me no Rond-Point – digo a Émile.

Tenho vontade de andar um pouco no meio da multidão. Às vezes olho com espanto para as pessoas com quem cruzo, como olharia para seres de outro planeta.

No fundo, cheguei muito jovem ao sucesso. Falo de sucesso material. Mesmo no Quartier Latin, não cheguei a comer o pão que o diabo amassou, pois meu pai me mandava dinheiro mais do que suficiente para suprir minhas necessidades.

Durante cerca de dois anos, cheguei a poder viver com Rosalie Bouillet, uma boa moça sem complicações, talvez a melhor de todas com quem compartilhei partes da minha vida.

Encontrei-a numa das cadeiras amarelas do Jardin du Luxembourg, ou talvez tenha sido na varanda do Harcourt. Eu ainda tinha tempo livre e às vezes me sentava para olhar as pessoas passarem. Por que isso nunca mais me aconteceu?

Ela era rechonchuda, de pele rosada, cabelos claros e um cheiro bom e saudável do campo. Almoçamos numa brasserie. Ela comeu com um apetite surpreendente e depois, com *muita* naturalidade, seguiu-me até meu quarto de hotel.

Que idade eu tinha? Vinte e cinco ou vinte e seis anos, já que foi pouco tempo depois da Primeira Guerra. O hotel ficava na Rue de l'Eperon, em pleno Quartier Latin, e se chamava Hôtel du Roi-Jean. Nunca soube de que Jean se tratava, mas me lembro de que os donos se chamavam Gagneux e o nome do gerente era Isidore.

Mais tarde, Rosalie e eu nos instalamos numa pensão mobiliada da Rue Lecoeur. Foi na época em que eu tinha como amigo, na Faculdade de Direito, Max Weil, que me deu a ideia de entrar para o banco e morreu em Buchenwald.

Faltou muito pouco para que me casasse com Rosalie. Ela ainda estava muito perto do campo e não tinha qualquer instrução. Mas alguém toma uma mulher por esposa pela sua conversa?

Ela possuía uma qualidade que aprecio acima de tudo: a alegria, a estabilidade de humor. Era a mesma ao acordar e ao se deitar à noite. Para Rosalie, nada era complicado e ela aceitava as coisas como se apresentavam.

Aliás, minha mãe também. Hoje é a primeira vez que faço essa comparação. Minha mãe era uma mulher do mesmo tipo e meu pai teve sorte, porque com ele nem sempre era fácil a convivência.

Será que teríamos dado certo, Rosalie e eu? Festejamos juntos, com Weil e sua namorada, meu doutorado em Direito. Meu pai morreu. Trabalhei algumas semanas no Banco Weil e Doucet, na Rue Laffitte, e Jacob Weil, pai de Max, aconselhou-me um estágio em Nova York.

Rosalie levou-me ao transatlântico e assoou muito o nariz. Eu ignorava que voltaria casado e já quase pai de família.

Nunca mais a vi. No começo, poderia tê-la procurado nas brasseries da Rive Gauche, mas só pensava em Pat.

Depois, preso na engrenagem, esqueci Rosalie e quando, muito mais tarde, quis saber o que acontecera com ela, não consegui rastrear seus passos.

Terá voltado para sua Berry natal e se casado com um rapaz da sua aldeia? Ignoro o nome da aldeia. Nunca tive a ideia de perguntar. Sei apenas que fica perto do canal.

Ela também pode ter se casado em Paris. Vejo-a perfeitamente atrás do balcão de uma leiteria, por exemplo. A menos que ela tenha se desencaminhado, como se diz. Seria uma pena.

Ela compartilhou meus últimos contatos com a rua, com a vida real, a de todo mundo, dos anônimos que vêm e vão pelas calçadas e que vemos, em determinadas horas, mergulhar nas estações de metrô.

Terei andado três vezes de metrô? Não mais. De ônibus sim, durante certo tempo, embora tenha me acostumado bem depressa com os táxis.

A Champs-Elysées mudou. Conheci-a quando quase não havia lojas e o Fouquet's me parecia um lugar inacessível.

Olho a entrada do Metrô George V, os homens e as mulheres que descem a escada, e me pergunto por que perdi contato.

Por ambição? É possível que tenha sido ambicioso, que isso faça parte do meu caráter. Não tenho certeza. A prova é que me passou pela cabeça, numa época, casar com Rosalie. Falei em engrenagem. É disso que se trata. Uma vez no banco, era preciso ir até o fim.

Já com Pat, no Boulevard Montmartre, vivi num hotel quase luxuoso e podia lhe dar presentes um tanto valiosos. Foi por ela que entrei pela primeira vez num joalheiro da Rue de la Paix, de quem me tornei um dos grandes clientes.

Pat não conseguia acreditar que fosse verdadeiro. Nos Estados Unidos, encontra-se ouro de quatorze quilates e mesmo de onze quilates, e ela estava convencida que eu lhe dava joias desse tipo.

Já Jeanne Laurent não é sensível às joias como é aos vestidos de noite. Só a vi em vestidos de seda preta, muito simples, que eram para ela uma espécie de uniforme.

Jeanne se vestia muito de preto e isso lhe caía bem. Ela ainda o faz. Seu gosto não mudou.

Nossa relação já havia começado quando assumi o banco, na Place Vendôme. Estávamos juntos quando soube que Pat havia obtido o divórcio em Reno, e insisti para que festejássemos a notícia com champanhe.

– O que você vai fazer?

– Me casar com você.

– Para quê? Você faz mesmo questão?

– Faço.

– Posso morar com você sem essa formalidade...

– Pode acontecer de termos filhos...

– Você quer outros filhos?

– Talvez. Não sei.

– Você vai me deixar continuar trabalhando?

Hesitei. A profissão era importante para ela. Tendo crescido dentro do jornalismo, ela o tinha no sangue.

– Por que não?

– Nem sempre estarei livre ao mesmo tempo que você. Posso precisar viajar...

– Eu também... Veja uma coisa, nós não somos apenas amantes, somos também amigos.

Os amantes desapareceram, bem como os cônjuges. Os amigos permanecem. Jeanne me ajudou muito a arrumar o apartamento, em cima do banco, quando ele foi desocupado. Eu tinha alguns quadros, mas ela conhecia os pintores melhor do que eu e tinha mais familiaridade com Montparnasse.

Ela mantinha contato. Com a vida. Com os homens. Sua profissão assim exigia. Ela frequentava ambientes diferentes e se sentia à vontade em todos eles.

Embora dirija a revista feminina mais importante de Paris, tenho certeza de que continua a mesma. Não conheço quase nada de sua vida privada, exceto que divide o apartamento do Boulevard Raspail com nossa neta Nathalie.

Às vezes almoçamos juntos, quase sempre num restaurante. Olhamos um para o outro com uma curiosidade involuntária, sem nos fazermos perguntas.

A não ser a respeito das crianças. Mais próxima a eles do que eu, ela me dá notícias. Quem a preocupa é Jean-Luc, que está com 34 anos.

Ele nunca aceitou o tipo de vida que levávamos na Place Vendôme e se revoltou ainda muito jovem. Inteligente, foi o pior possível no liceu e não passou no exame de conclusão do curso secundário. Tinha dezoito anos e se alistou no paraquedismo.

Como precisava da minha autorização, eu a dei, compreendendo que de nada serviria contrariá-lo. Recebíamos cartões postais a cada dois ou três meses.

Mais tarde ele voltou, como civil, quando sua mãe e eu já estávamos divorciados.

– O que deu em vocês dois?

– Levávamos vidas diferentes. Sua mãe é apaixonada pela profissão, que lhe toma todo o tempo. Eu, por mim, tenho inúmeras obrigações...

– Você vai se casar de novo?

– Acho que não. Mas tudo é possível.

Hesitava em perguntar quais eram os seus projetos. Ele é muito mais alto, muito mais forte do que eu. É um atleta.

– Vou procurar trabalho como professor de educação física...

Ele começou numa das praias de Cannes. No inverno, em Megève, dá aulas de esqui.

– Vou lhe dar uma mesada como dei para seu irmão quando ele cursava Belas-Artes.

– Não precisa... Eu me viro sozinho...

Ignoro o que pensa de mim, do meu temperamento, da minha vida. Ele é de outra época. Bem pequeno, quando olhava as fotografias que eu jamais quis colar num álbum e que ocupavam duas gavetas da minha escrivaninha, ele muitas vezes começava a rir.

– É você, aqui?

Mas claro! De calça de flanela branca, blazer listrado, chapéu de palha na cabeça.

Eu de novo, de uniforme azul, as pernas magras apertadas em tiras de couro, indolentemente apoiado em meu avião.

– Por que você não continuou a voar?

Não conheço ninguém da minha esquadrilha que tenha pilotado depois da guerra. Talvez por termos visto coisas demais.

Daquela vez, olhou-me com certo respeito, mas, no geral, ele detesta meu tipo de vida e minha maneira de ser, e continua sua existência longe de mim.

Ano passado, administrou um balneário em Saint-Tropez e vi diversas vezes sua foto nos jornais, porque faz parte da pequena sociedade de lá. Chegou até a abrir uma boate.

Ando, ando. Penso. Demais. Esqueço de observar as pessoas, como tinha me prometido. É verdade que tenho a desagradável impressão de que a maioria dos rostos é vazia.

Eles seguem em frente, os olhos em outro lugar.

Talvez eu também dê essa impressão.

*

Não durmo. Mal cochilei uns dez minutos durante a sesta e ouvi a sra. Daven se dirigir à cozinha para preparar meu café.

Ela entra sem ruído, pousa a xícara e vai até a janela para reabrir as cortinas. Como ontem e todos os outros dias há vários anos. Será assim amanhã e nos dias seguintes.

Ora, essa regularidade não me desagrada. Pelo contrário, gosto disso. Os dias são assim desmembrados em pequenas etapas que aprendi a saborear.

Ela me estende a xícara, sorridente, um pouco protetora. Desconfio que me considera uma criança grande que precisa dela e não estou muito certo de que não tenha razão.

Daqui a um instante, trocarei o robe pelo paletó.

Quando era jovem, essa monotonia dos dias e essa imutabilidade do cenário me desesperavam e mais de uma vez senti a garganta apertada ao olhar, pela janela do meu quarto, correr o rio Saône. Odiava nossa casa que cheirava a encáustica e vinho, odiava o pátio atulhado de barris e os homens de roupa azul que trabalhavam nele.

Agora, é muito mais o imprevisto que me contraria. Não gosto que perturbem meus horários.

– Seu filho está no salão – me avisa a sra. Daven.

– Qual deles?

– O de Paris.

– Ele está me esperando há muito tempo?

– Acabou de chegar. Ele conhece seus horários e me disse que lhe deixasse tomar seu café em paz.

Ela se chama Juliette. Falo da sra. Daven. Muitas vezes estive tentado a chamá-la pelo primeiro nome, mas não tive coragem.

– Como ele está?

– Bem, eu acho. Talvez um pouco nervoso.

Levanto e ela me ajuda a tirar o robe. Segura meu paletó nas mãos. Acendo um cigarro, vou terminar a xícara diante da janela alta.

É a hora em que o sol começa a entrar no quarto. Só há ainda uma estreita listra que cria uma mancha mais clara sobre a cômoda Luís XVI. Todo o quarto é Luís XVI, as paredes recobertas de painéis cinza-claros.

Pergunto-me o que Jacques quer de mim, pois raramente vem me ver sem motivo. Sem dúvida a casa foi para ele uma espécie de prisão, como foi para mim a de Mâcon. Com que idade comecei a sentir saudades de lá? Muito tarde, de qualquer modo.

Encontro-o de pé em frente ao Picasso.

– Isto data... – murmura ele.

Seu olhar percorre as paredes.

– Você continua insensível à pintura moderna?

– Você sabe, chega uma hora em que a gente para...

Ele é mais baixo do que Jean-Luc, embora mais alto do que eu e sua mãe, um pouco gordo, com alguma flacidez no rosto e nas linhas do corpo.

– Vamos para o meu gabinete?

É desagradável recebê-lo no salão. Ele não está em casa? Não passou uma parte da sua juventude neste apartamento?

– Nada muda, aqui – observa ele. E acrescenta, depois de ter me observado: – Você também não. Você está bem?

– Muito bem, apesar de ter recebido ontem um golpe duro...

– Nos negócios?

– Não. Seu irmão Donald morreu. Eu soube por uma carta da mãe dele, que não dava sinal de vida desde a guerra.

– Que idade ele tinha?

– Quarenta e dois anos...

– Não era muito mais velho do que eu. O que ele teve?

– Ele se enforcou...

Eles nunca se viram. Pouco se falou sobre esse assunto em casa, durante a juventude dos meus dois outros filhos.

– Por outro lado, Pat, minha primeira mulher, está muito doente.

Ele franze a testa, contrariado. Preferiria me encontrar em condições mais favoráveis.

Deixo passar um momento um tanto longo antes de perguntar:

– E você?

– Eu estou em plena forma. Tenho planos. Vinha exatamente falar deles. Não sei se é a hora...

– Do que você tem medo?

– De nada... Aliás, o principal desses planos é muito simples e muito natural. Vou me casar de novo.

O que posso dizer eu, que me casei três vezes? O que me espanta é que Jacques tenha ficado tanto tempo sozinho depois da morte de sua mulher.

– Uma moça encantadora, que apresentarei assim que você desejar. Não tive coragem de trazê-la aqui sem avisar...

– Que idade ela tem?

– Dezoito anos.

– Dois anos a mais do que a sua filha...

– Não acho que a diferença de idade seja um obstáculo. Pelo contrário. Hilda é muito sensata. Ela fala um francês perfeito e se entende às mil maravilhas com Nathalie.

– É estrangeira?

– Alemã. De Colônia... Estuda na Escola do Louvre e quer ser crítica de arte...

Não reajo. Sou tentado a fazer objeções que não fariam sentido. Minha última mulher era italiana e tinha vinte anos a menos do que eu.

Considerando que Nathalie só espera a volta às aulas para se matricular em Belas-Artes, as duas têm interesses em comum...

Pois é! Jacques começou com sua galeria de arte na qual nenhuma tela figurativa jamais foi pendurada. Lá foram expostos os objetos mais variados, incluindo esculturas em plástico inflável e tubos de aquecedor que se encaixam uns nos outros ao gosto do freguês.

Há dois ou três anos, cismou de instalar um restaurante no meio da sala de exposição, que não é grande. Só conseguiu colocar seis mesas. Pediu-me dinheiro para a instalação da cozinha e para o material. Eu dei.

– Assim que der certo, eu reembolso...

Não deu certo. Só os amigos iam comer lá e não pagavam. O cozinheiro que ele contratou exigiu uma indenização.

– Você vai continuar morando na Rue Jacob?

Em cima da loja, há só uma sobreloja de teto baixo, muito escura, onde Jacques leva uma vida de solteiro. Sei de antemão o que virá.

– Pois é. É disso também que eu gostaria de falar...

– Você encontrou o lugar ideal?

Faço a pergunta sem ironia, mas ele não gosta que eu tenha adivinhado.

– Como é que você sabe? Mamãe contou?

– Ela já sabe?

– Ela jantou conosco na segunda-feira. Ela acha Hilda muito inteligente, muito atraente. Tenho certeza de que você também gostará dela.

– Você encontrou um apartamento?

– Melhor do que isso...

Ele se levanta para liberar o seu entusiasmo. Por que, cada vez que vem me expor um projeto, Jacques sente necessidade de vender a mercadoria enquanto, do meu lado, finjo estar sendo convencido?

– Você conhece o Quai des Grands-Augustins... Não sei se você se lembra de um antiquário, uma loja situada no fundo e muito escura. Nas duas vitrines, do começo ao fim do ano, ficam expostos os mesmos objetos que não agradam a ninguém.

"– O dono morreu no mês passado. Sua mulher quer vender, para ir viver com uma das filhas em Marseille. Com luz, aquilo daria uma galeria extraordinária, e a acomodação é surpreendente. Eu teria quatro vezes a superfície de que disponho na Rue Jacob e, além do mais, um verdadeiro apartamento no primeiro andar."

É simples assim. Conheço o que vem e pergunto:

– Quanto?

– Ainda não posso dar um número exato, porque foi só na semana passada que mostrei o lugar a um amigo arquiteto.

– Pois muito bem – eu digo –, será meu presente de casamento. Você me mandará as faturas.

– Você é legal, *dad*... – diz ele animado, vindo me beijar na testa.

É curioso. Meus dois filhos me chamam de *dad*, enquanto sempre chamam a mãe de Jeanne. Nathalie também.

– Você não está zangado?

– Por quê?

– Por ter vindo lhe dar uma facada. Você tem que ir à inauguração, pois vai encontrar tudo o que há de importante na arte contemporânea.

– Contemporânea de quem?

Brinco, é claro. É mais de mim que zombo.

– Como vai a sua filha? – pergunto.

– Fisicamente?

– Primeiro, é.

– Ela é incansável. Dorme menos do que eu sem perder a menor parcela de energia.

– Você a vê com frequência?

– Por acaso... E, decididamente, por causa de Hilda. Costumamos ir muito às boates de Saint-Germain-des-Près, e foi lá que fiquei um tanto surpreso por encontrar minha filha... Nunca sozinha. Na maioria das vezes com uns fulanos barbudos e cabeludos com dez anos a mais do que ela...

– Ela ainda não fez dezesseis anos?

– Fará daqui a dois meses... É só o que ela espera para largar os estudos. Nathalie foi mandada embora do liceu, depois de uma escola particular. Nós a pusemos num terceiro lugar, e ela decidiu não aprender nada. Há dois ou três anos, só sonhava com o cinema. Agora, é só a pintura que lhe interessa.

– O que você acha disso?

Jacques coça a cabeça.

– O que quer que eu ache? As gerações se sucedem sem se parecerem umas com as outras. Aos treze anos, quando ela começou a usar maquiagem e a fumar um maço de cigarros por dia, achei que era meu dever interferir. Não adiantou nada. Pelo contrário. Na mesma hora, ela me considerou um velho.

"– Ela vai de vez em quando ver o que há de novo na galeria. Contra tudo o que eu poderia imaginar, ela não gosta dos modernos, de jeito nenhum. Ela parou em Van Gogh e Gauguin..."

– O que sua mãe diz disso tudo?

– Ela fica um pouco assustada. Acontece de Nathalie só voltar para casa pelas duas ou três da manhã. Ela prende na porta do quarto um desses pequenos cartões de hotel que conseguiu sabe Deus onde e que dizem em três ou quatro línguas "Não perturbe".

"– Ninguém a perturba. Ela almoça ou não almoça. Vai às aulas ou não vai. E aprendeu a imitar a assinatura de Jeanne em sua caderneta escolar."

Devo ter um vago sorriso nos lábios. Na verdade, meu filho se atormenta. Minha ex-mulher também. Eu não. Parece-me, ao contrário, que sou bastante próximo de Nathalie, e que nos entenderíamos muito bem se ela viesse às vezes me fazer confidências.

Ela acha que sou um senhor severo e frio. Está encantada com o fato de seu pai se casar de novo porque espera encontrar na madrasta uma amiga e uma cúmplice.

– Estou prendendo você? – pergunta Jacques, olhando o relógio. – Você não precisa descer para o escritório?

Ele sabe que não passo de um figurante no banco, mas tem pressa, agora que conseguiu o que queria, de ir dar a boa notícia para Hilda.

– Como faço, em relação ao numerário?

– Mande as faturas serem cobradas no caixa. Darei o aviso daqui a pouco. É também a ele que você vai pedir o dinheiro líquido de que precisar...

Ele não acredita que eu não fixe um teto. Para quê? Para obrigá-lo a inventar pretextos, a se endividar ou a mentir?

Um dia, tudo será deles. Receio que, nesse dia, eles se decepcionem, porque têm tendência a me considerar mais rico do que realmente sou.

O que Jacques fará com sua parte? Terá com certeza planos grandiosos e sem dúvida, alguns anos depois, se verá sem um tostão.

Sua mãe o ajudará. Talvez o irmão. Porque Jean-Luc, esse, por mais cabeça quente que seja, não se atira às cegas em aventuras.

Seu negócio de praia e restaurante funciona bem.

Eu não ficaria surpreso que sua parte da herança servisse para construir um hotel ou uma série de bangalôs numa ilha qualquer.

Ele precisa de movimento, de ar livre, de sol. Cultivou os músculos cientificamente e continua a cuidar deles.

E Nathalie? Ela se casará, muito jovem, não por muito tempo.

Tentará uma nova experiência ou desfrutará tranquila da sua liberdade?

Gostaria de falar com ela um dia desses, mas não acredito que conseguirei conquistar sua confiança. Por que tenho a impressão de que, de todos, nesse pequeno mundo ao qual me ligam fios mais ou menos estreitos, é ela quem mais se parece comigo?

Só que a determinação, nela, é negativa. Nathalie recusa em vez de aceitar. Ela se recusa a estudar. Recusa a vida que lhe é apresentada. Recusa-se a se curvar diante dos tabus.

Ela diz não à avó assim como também me dirá não, e não escondeu que detesta meu apartamento.

Segue seu caminho, cínica na aparência, mas tenho certeza de que, no fundo, ela é angustiada.

Ainda não é uma adulta, e a vida já lhe dá medo. Por medo de arruiná-la, ela se arrisca a afundar como se fosse por prazer.

– Até breve, *dad*... Telefone quando quiser que eu traga Hilda.

– Qualquer dia da semana que vem...

– Posso telefonar depois da sua sesta?

– Você sabe que pode...

Ele vem, um pouco sem graça, me beijar nas duas faces e murmura, quase no meu ouvido:

– Você é um cara legal.

E acrescenta, depois de hesitar:

– A gente ama você, você sabe...

São palavras que não usamos com frequência na família. Fico surpreso e o observo se afastar com um aperto no coração.

É verdade, todos fugiram de casa assim que puderam. Cada um seguiu seu caminho – caminhos que eu não tinha previsto.

Jacques tornou-se um marchand de quadros e vai se casar pela segunda vez, com uma jovem alemã que tem a idade de sua filha.

Jeanne, depois de ter compartilhado alguns anos comigo, teve medo de perder sua personalidade e, para continuar a ser ela mesma, preferiu se divorciar.

Não quero mal a ela. Não quero mal a nenhum deles.

Meu pai deve ter levado um choque quando, aos dezessete anos, anunciei minha ida a Paris. Ainda esperava me ver voltar a Mâcon para as férias. Minha mãe chorou. Até sua morte, aos 68 anos, em 1931, escreveu-me todas as semanas uma carta de quatro páginas, falando-me de todos na casa, dando notícias dos vizinhos e até dos gatos e dos cachorros.

Eu respondia a cada três vezes e minhas cartas eram muito mais curtas, mais sem jeito, porque não encontrava o que dizer que pudesse ter interesse para ela. Minha vida era diferente demais.

Lembro-me o seu embaraço quando fui lhes apresentar Pat, que não falava uma palavra de francês e se contentava em sorrir como na capa de uma revista.

Tive tendência, ontem, a dramatizar. Por causa da carta de Pat, exatamente, fui levado a questionar uma porção de coisas. Tinha conseguido chegar a um equilíbrio que preciso reencontrar, que já começo a reencontrar. Paradoxalmente, a visita de Jacques me ajudou, e também o que ele me disse a respeito da sua filha.

Não fico indiferente ao seu destino. Pelo contrário. Em meu âmago, minha tendência seria a de uma espécie de patriarca em torno de quem toda a família estaria agrupada.

Não é esse, mais ou menos, o sonho de todo homem? Não era o de meu pai? Ele quase conseguiu, já que fui o único a me afastar.

Comigo, as coisas foram diferentes. Pat se foi primeiro. Jeanne Laurent ficou muito tempo, talvez para não me privar cedo demais dos meus filhos.

Durante alguns anos, fomos uma verdadeira família, reunida ao meio-dia e à noite em torno da mesa da sala de jantar. No verão, em Deauville, ficávamos numa mansão em cujo parque as crianças brincavam quando não estavam na praia.

Trabalhei muito. Diverti-me muito também, se podemos chamar de diversão os entretenimentos que um homem pode se oferecer.

Tive cavalos, como já disse. Tive um iate, em Cannes, não no tempo deles, mas no tempo da minha terceira mulher, a condessa Passarelli, descendente de uma das mais antigas famílias de Florença.

Eu tinha 58 anos quando me casei com ela. Ela estava com 32 e havia se casado duas vezes, a segunda com um rico armador grego.

Ela falava, ou melhor, arranhava quatro ou cinco línguas e conhecia todos os palácios do mundo, os cafés-concerto de Nova York tão bem quanto os das Bermudas, de Beirute ou de Tóquio. Não sei por que me casei com ela. Talvez por uma espécie de desafio. Com ela, fui eu que precisei me adaptar e me adequar ao seu estilo de vida.

Mais tarde, quando nos divorciamos, vendi o iate e me contentei com uma lancha a motor. Não vendi a mansão de Deauville, pensando que serviria um dia para meus netos.

Há poucas chances de que os da América venham viver na Europa. Quanto à Nathalie, não a vejo em Deauville, onde Jeanne Laurent também não se sentia à vontade.

Desço ao primeiro andar e me dirijo ao caixa:

– Você receberá em breve faturas em nome de meu filho Jacques e peço que tenha a gentileza de pagá-las, mesmo que pareçam vultosas. É possível que ele precise também de dinheiro em espécie...

– Perfeitamente, senhor François.

Pageot. Um bom homem de 64 anos que se aposentará no ano que vem e a quem o banco fará falta.

Vou telefonar para Candille. Se ele estiver livre esta noite, vou convidá-lo para jantar, e passaremos uma noite tranquila conversando.

CAPÍTULO IV

Candille está aqui. A noite se passou como todas aquelas em que estamos juntos e no entanto, quando o reconduzo ao elevador, sinto-me decepcionado, frustrado. Seria incapaz de dizer por quê.

Fico contente, ao voltar para o quarto, por encontrar a sra. Daven, que me espera para me colocar na cama. Porque sou posto na cama como uma criança. Tornou-se um ritual. Será que ela compreende que é este o momento em que mais se sente a solidão? Mas não se sentirá ela mesma solitária, quando vai para seu quarto?

Mandei servir caviar, não sem hesitar. Isso é aborrecido, porque parece ostentação. O caviar tornou-se uma espécie de símbolo de luxo, de riqueza, como as trufas, o champanhe, como era o frango, antigamente, nas famílias modestas.

Com Candille, é diferente. Ele aprecia muito a boa comida e sempre dou um jeito para compor um cardápio que o agrade.

Ele usa uma barba quadrada, arruivada, curta e cheia como os pelos de um bassê. Para Candille, a barba não é um enfeite, mas um meio de ocultar o queixo muito curto.

Os cabelos também são grossos, de corte curto, e ele tem a pele granulosa de algumas laranjas grandes.

Sempre teve um pouco de barriga. Agora que está perto dos 65 anos, sua tendência é engordar ainda mais.

A mesa ficou grande demais, a sala de jantar também. Parecemos perdidos diante da grande toalha adamascada, e devo ter um ar ainda mais perdido quando como sozinho.

Depois do caviar é servido um linguado normando que meu cozinheiro prepara com perfeição, e do qual o médico é grande apreciador.

Sem carne. Trufas preparadas sob cinzas, seguidas de salada e de um manjar de amêndoas.

Ele saboreia, observa-me com seus olhos quase cor de malva que parecem ingênuos mas são, na verdade, penetrantes. Nada lhe escapa.

– O que há de errado? – pergunta.

Sinto-o perturbado, de repente, por extrair tanto prazer daquela refeição que sabe que foi composta para ele.

– Tive um mau dia ontem. Vou me refazendo aos poucos. Notícias dos Estados Unidos...

– Sua primeira mulher?

– Ela está no hospital com câncer de útero, e os médicos estão hesitantes em operá-la.

Ele pergunta, como se fosse natural:

– Ela tem vontade de viver?

– Ignoro. Meu correspondente em Nova York foi vê-la. Ela está numa enfermaria de vinte leitos, somente com mulheres velhas acamadas, e recusou uma transferência para um quarto particular, onde eu queria lhe dar uma enfermeira pessoal.

– Eu a compreendo...

– Se for operada, parece que terá talvez um ano ou dois de sobrevida...

– Ou talvez muito mais.

Candille tem, a respeito de algumas questões médicas, ideias que nem sempre são ortodoxas. Há um contraste um pouco chocante entre sua aparência plebeia, suas roupas sempre largas e disformes, e sua clientela encontrada sobretudo nos arredores da Avenue de l'Opéra e da Rue de Rivoli.

– Você conhece a história clássica do paciente operado de câncer? Está em diversos livros médicos e aconteceu realmente nos Estados Unidos.

"– Em não sei mais que hospital, o cirurgião abre a barriga de um paciente com câncer e se vê diante de um tumor tão avançado e tão volumoso que desiste de removê-lo e se apressa a fechar a incisão.

"– Depois, não pensa mais no caso, convencido de que o homem morreria alguns dias mais tarde.

"– Passam-se os anos. Dez, quinze anos, pouco importa. Trazem-lhe um paciente para uma operação de apendicite e alguma coisa na cicatriz lhe chama a atenção.

"– Terminada a cirurgia, ele se informa e realmente se trata do seu antigo paciente. Um homem simples. Disseram-lhe que a operação o curaria. Ele foi operado e se curou."

Sorrio sem ânimo, pois aquela história me perturba. Devido à minha idade, espero logicamente por enfermidades mais ou menos penosas. Quase diria que estou à escuta do meu corpo e me dou conta de que isso é mórbido. A história de Candille só confirma essa ideia.

Ele mesmo assim continua, manejando o garfo:

– Boa parte dos nossos males se origina do nosso estado de espírito, da nossa moral. Nós nos colocamos em estado de receptividade. É um pouco como se preparássemos um terreno favorável à doença.

Pat havia sido esquecida. Candille voltou a ela mais tarde.

– Ela está certa por querer ficar com as outras. Isso alimenta sua curiosidade. No dia em que não tiver mais qualquer tipo de curiosidade...

Quase lhe perguntei:

– E eu?

Ainda tenho algum tipo de curiosidade? Não tento mais sair um pouco que seja da rotina que criei para mim.

Mesmo assim não deixo de saborear, por hábito, os momentos sucessivos do dia, como Candille saboreia seu jantar. Uma mancha de sol num móvel polido me encanta e, dez vezes por dia, vou à janela observar o espetáculo da Place Vendôme sob a chuva ou sob um céu azul.

– Meu filho mais velho morreu.

– O da América?

– É. Ele se enforcou.

A respeito disso, também, Candille tem uma história para contar.

– Ele deixou uma carta?

– Não.

– Ele tinha família?

– Mulher e três filhos. O mais velho trabalhava com ele na oficina.

– É estranho...

– Por quê? Os negócios iam mal...

– Continua sendo estranho... Lembro-me de um artigo que li numa revista médica de Boston. Na França, o enforcamento é uma forma de suicídio comum, sobretudo no campo, onde as armas, a não ser os fuzis de caça, são um tanto raras... Além disso, os camponeses não conhecem os soníferos... Então, eles vão para a granja e prendem uma corda numa viga.

Gosto dele, mas preferiria que não insistisse. Para Candille, a morte é um espetáculo diário que não o impressiona mais. Ele a combate, tudo bem. A perda de um de seus doentes o afeta. Eu não diria que toma isso como um fracasso pessoal, mas quase. Quanto mais ele avança na vida, mais desconfia da medicina. Ele diz sem problemas:

– Tudo o que podemos fazer é ajudar o doente a se curar.

Agora se embalou no assunto dos enforcados.

– Nos Estados Unidos, a situação é diferente. Quase todo mundo tem armas de fogo. Alguns possuem verdadeiras panóplias. Por outro lado, o enforcamento, reservado outrora aos assassinos e aos ladrões de cavalos, continua a ser considerado uma punição degradante.

"– O autor do artigo, um psicólogo de quem esqueci o nome, faz daí a dedução – duvidosa, a meu ver – de que as pessoas que se enforcam têm um complexo de culpa. Escolhem a corda para se castigarem por um erro real ou imaginário."

– Donald talvez tenha se castigado por ter administrado mal os seus negócios e ter levado a família à pobreza...

Passamos para meu gabinete, que é mais aconchegante do que a sala de jantar. Ofereço a Candille um charuto e acendo outro. Molho também os lábios em meu copo de *armagnac*, embora, há muito tempo, não beba mais.

Antigamente eu bebia. Poucas vezes ficava bêbado, mas bebia de modo regular.

Aconteceu com a bebida o mesmo que com o resto. Como com as mulheres e os filhos que aos poucos me deixaram.

Foi pelo álcool, exatamente, que tudo começou, perto dos sessenta anos, quando não pude mais suportá-lo.

– Só um copo de vinho por refeição – aconselhou-me então Candille.

Como era incapaz de me limitar a um copo, preferi suprimir tudo. Mais tarde, reduzi pela metade o número de cigarros.

Um dia, sem saber, joguei minha última partida de golfe. Uma entorse me impediu de jogar por várias semanas e, depois, percebi que perdia o fôlego muito depressa.

Depois a equitação.

Depois o esqui-aquático, pois fui um dos primeiros a fazer esqui-aquático em Cannes, e continuei até seis ou sete anos atrás.

A vida encolhe. É fatal, mas a cada vez que passamos um traço sobre uma palavra, que nos proibimos uma nova atividade, isso faz um pouco mal.

Não estou doente. Candille afirma que todos os meus órgãos estão em perfeito estado e que, do ponto de vista médico, tenho dez anos menos do que minha idade real.

Sua vida não será mais lamentável do que a minha? Ele só se casou uma vez, um pouco tarde, pelos 34 ou 35 anos. Não tem filhos.

E já há uns quinze anos sua mulher vive numa clínica psiquiátrica a uns trinta quilômetros de Paris. Candille a visita todos os domingos e, na maioria das vezes, ela o recebe duramente, convencida de que ele mandou interná-la para viver com outra.

Conheço seu apartamento, um pouco antigo e confortável. Ele conservou o gosto campônio por móveis pesados, escuros e maciços. Uma criada, quase da mesma idade que ele, arruma a casa e faz a comida.

No consultório, há uma enfermeira que lhe serve de secretária. Quando preciso de uma injeção para um mal-estar qualquer, é ela quem vem me aplicar.

Chama-se Odile, uma grande égua ruiva, com dentes proeminentes e belos olhos risonhos.

Será que Candille tem relações mais íntimas com ela? Desconfio e espero que sim, tanto por ele quanto por ela.

– Mas, veja! Não lhe disse que meu filho Jacques vai se casar...

– Aquele que tem uma galeria de arte?

– É... Ele veio me contar hoje.

– Ele tem uma filha, não tem?

– Quase da idade da alemã com quem vai se casar. Nathalie, a filha dele, ainda não tem dezesseis anos e vai fazer Belas-Artes...

Candille sorriu, como se a ideia o divertisse.

– Enquanto isso, ela se maquia como uma modelo e frequenta as boates de Saint-Germain-des-Près com rapazes muito cabeludos...

Seu sorriso é contagiante. Sorrio também e ele me pergunta:

– O que você acha disso?

– Há trinta ou quarenta anos, eu ficaria chocado. No fundo, embora me achasse um liberal, conservava preconceitos... Por exemplo, hesitei em me casar com Pat por causa de sua profissão... Os tempos mudaram...

"– Meu filho, aos 38 anos, vai casar com uma garota de dezoito.

"– Eu, aos 58, me casei com uma italiana de 32, que se casava pela terceira vez."

– Você também, não?

– Eu também.

– Que fim ela levou?

– Às vezes leio o nome dela nos jornais, sobretudo nos jornais estrangeiros. Ela se casou com um ator de Hollywood bastante famoso. Ele filmou há pouco tempo na Espanha, e correu o boato sobre relações de minha ex-mulher com um toureiro.

Ela também deve ter envelhecido. É uma mulher de quase cinquenta anos e a imagino com rugas finas no canto dos olhos. Ela já as tinha, muito leves, quando nos separamos.

Será que ela se esforça para conservar a qualquer custo uma aparência de juventude e passa boa parte de seu tempo nos salões de beleza? Quando era minha mulher e jantávamos na cidade, ela se preparava ficando deitada por duas horas no escuro, imóvel, o rosto envolto numa máscara embebida em não sei qual produto.

Damos muita importância à beleza. É ela, quase sempre, que decide nossa escolha. Ora, quanto tempo ela dura? E quantos anos sobram para viver, depois?

Se fosse para recomeçar... É, o que eu faria? A mesma coisa, com certeza. Levaria a mesma vida e chegaria ao ponto em que estou.

Não me queixo. Observo Candille que saboreia seu charuto desejando que o telefone não comece a tocar. Ele não pode sair do seu apartamento sem dizer aonde vai, para o caso de algum paciente precisar dele.

Ele nunca se deita com a certeza de ficar na cama até a manhã e, quando vem jantar comigo, traz sua maleta, por desencargo de consciência, pensando na possibilidade de uma urgência.

Falamos por muito tempo a respeito da juventude e pensamos da mesma maneira. Não foi o fundo que mudou. Tínhamos, quando jovens, os mesmos instintos, as mesmas aspirações, as mesmas aversões dos jovens de hoje. A diferença é que não tínhamos permissão para nos exprimir.

Então, é claro, nos escondíamos. Devo ter blefado,

como todo mundo naquela época. Meu pai sem dúvida também blefava. Duas vezes por ano, ia fazer a ronda de seus fornecedores e, a cada vez, se ausentava por uns quinze dias. Estou convencido de que ele aproveitava para ter suas aventuras. Talvez não aventuras muito fulgurantes, mas ainda assim aventuras.

Sua bisneta, com menos de dezesseis anos, não se esconde para frequentar as boates.

– Há muito tempo você não a vê?

– Uns dois meses. Na rua. Eu estava fazendo compras na Rue Saint-Honoré e demos de encontro um com o outro na calçada.

– Ela é alegre?

– Pareceu-me que vê a vida pelo lado certo.

Candille se cala, parecendo refletir, pesar os prós e os contras. Seus silêncios sempre me inquietam, sobretudo quando me ausculta. Ele tem, a respeito dos seres humanos, uma experiência maior do que a minha.

Ao longo de sua carreira, deve ter colecionado milhares de casos que são para ele como referências, pontos de comparação.

Como banqueiro posso dizer, sem grandes riscos de me enganar, se um homem é solvível ou não, talvez mesmo se ele tem chances de ter sucesso em seus empreendimentos.

Candille vê as pessoas nuas, quando a doença as desarma e elas não podem blefar.

De repente, por exemplo, me pergunta:

– Você nunca se aborrece?

Não se trata de uma ideia que lhe passa pela cabeça naquele momento. Deve ter me observado desde o começo do jantar. Falamos de muitas coisas, mas nem por isso ele deixou de seguir seu pensamento.

– Depende do que você chama se aborrecer. Meus filhos e minha neta, por exemplo, achariam minha vida insípida...

– E você?

Fico constrangido. É uma pergunta que sempre me recusei a fazer. Ele me olha com seus olhos cor de malva que conservaram uma luz infantil.

– Você não tem uma sensação de vazio? – pergunta.

– Às vezes, como acontece com todo mundo, acredito...

– Você sai à noite?

– Quase nunca.

– Por quê?

– Aonde eu iria? O teatro não me diverte mais. Nunca fui muito amante de cinema. Quanto aos jantares na cidade e às recepções, tenho pavor. Apertar mãos, ouvir e repetir as mesmas frases...

– E aqui?

– Às vezes vejo televisão. Pouco importa a qualidade do programa. O que conta são as imagens. A gente imagina conhecer o mundo porque viajou e sempre descobre coisas novas... Até mesmo os rostos, suas expressões...

– Sozinho?

– É. Em outras noites, leio. Fico pasmo por ter chegado à minha idade e ter aprendido tão pouco. Paro com frequência numa livraria da Rue Saint-Honoré, e todos aqueles livros arrumados nas prateleiras, do chão ao teto, me humilham.

"– Tenho a mesma impressão quando, na Avenue de l'Opéra, entro numa loja especializada em obras inglesas ou americanas.

"– Em suma, deixamos a vida só conhecendo uma pequena parte..."

– Que tipo de livros?

– Todos... Todos os tipos. Tudo me interessa. As novas técnicas, por exemplo, embora me falte conhecimento de base para compreender tudo. As memórias me revelam homens que eu não desconfiava existir por trás dos personagens históricos.

– A que horas você se deita?

– Em geral, por volta das onze.

– Dorme bem?

– Custo bastante a adormecer. Depois, vou até de manhã. Por quê?

– Nada importante...

Ele olha à sua volta e, através das paredes forradas de couro, parece julgar as dimensões do apartamento. Em sua casa, além do consultório, há apenas quatro cômodos que caberiam todos em meu salão.

Ele deve me ver pequenino, magrinho, perdido nesta imensidão.

– Você não viaja mais?

– Detesto os turistas. É só botar os pés no exterior e o homem se torna insolente e bárbaro.

Acrescento, depois de um silêncio:

– Você está achando que não pareço bem?

– Desconfio de melancolia...

Creio que enrubesço e que ele percebe. Candille acrescenta:

– Melancolia e resignação.

– Não estou resignado. Pelo contrário, saboreio cada minuto do dia.

Sei o que ele pensa, a interpretação que dá a essa frase. Saboreio *de propósito*. Às custas de um esforço, de uma disciplina. Há vinte anos eu não ia dez vezes por dia à janela para contemplar a Place Vendôme.

Também não fazia a ronda das salas para me encantar com meus quadros. Também não acariciava, ao passar, a cabeça de mulher esculpida por Rodin.

Era o quadro da minha vida, nada mais.

Minha vida estava em mim e não era apenas o desejo de sobreviver.

Não quero mal a Candille. Ele não falou por falar. Acabo sempre, mais tarde, compreendendo a razão de suas palavras ou atitudes. Ser meu amigo não é o mais importante, ele é médico acima de tudo. Ele saiu com sua maleta, que tanto carregou na vida e que lhe fez ter o ombro direito mais baixo do que o outro.

Apago as luzes, porque adquiri manias. A sra. Daven me ouviu fechar a porta de entrada e me espera no quarto. Observa-me, por sua vez, com um olhar diferente do de Candille.

– O senhor está decepcionado? – pergunta-me ela enquanto tiro o paletó, depois a gravata.

– Por que a senhora pergunta?

– Em geral, quando o doutor vem passar a noite com o senhor, isso o estimula...

Eu sei. Esta noite, ele me deixou algo para refletir. Parece que quer que eu reflita e que descubra que há algo a modificar em meu modo de vida.

O quê? Ignoro. Candille também, é provável. O que há em mim que o preocupa?

– Ele tem medo de que eu me chateie – digo afinal.

– O senhor não se chateia?

Posso estar enganado. Imagino distinguir alguma emoção em sua voz. Ela também é sozinha. Não sei se tem qualquer familiar. Ninguém vem visitá-la. Teoricamente, ela tem um dia de folga por semana e as noites livres, mas a maior parte do tempo fica no apartamento.

– Não acho que me chateie...

É mais complicado. É exatamente por isso que Candille quis me obrigar a refletir.

– E a senhora, se chateia?

Ela responde com uma ênfase inesperada:

– Nunca!

*

Sábado, domingo e segunda, fiquei na cama com gripe. Sabendo o que ele me dá nesses casos, não chamei Candille. Tenho o costume, há uns quinze anos, de me gripar uma ou duas vezes por ano e desconfio de que, no meu caso, a teoria do doutor poderia se confirmar. Eu até não diria que é uma fuga proposital ou uma forma de me voltar para dentro de mim mesmo.

Mas não deixo de perceber que essas gripes se apresentam quase sempre em momentos de exaustão ou desencorajamento. Entretanto a febre está aí, com língua branca, olhos úmidos, garganta inflamada.

A sra. Daven me pediu licença para passar a manhã e a tarde no meu quarto, para estar à disposição quando eu precisar de alguma coisa.

– Posso me instalar no gabinete, se o senhor preferir.

– Fique aqui...

– O senhor se incomoda se eu ler?

Prefiro vê-la ler a costurar. Não gosto de mulheres que costuram ou tricotam. Isso vem de muito longe, da minha infância, quando via minha mãe, minhas tias, as vizinhas, as velhas senhoras nos bancos das ruas passarem horas tricotando. Leio também, não sem cochilar duas ou três vezes.

Segunda-feira me levanto, sem sair do quarto. Terça, almoço na sala e, quando Jeanne me telefona para saber se pode vir jantar, respondo que sim.

Antes da sua chegada, olho-me por um bom tempo no espelho. Não gosto de lhe parecer acabado demais. Ainda que meus olhos continuem um pouco febris, não tenho uma aparência excessivamente ruim.

Ela chega às sete e meia da noite, pontualmente, como das outras vezes. É uma mulher que não se faz esperar e que organiza seus dias com perfeição, porque também nunca tem pressa.

– Como vai você? – pergunto, estendendo a mão.

Desde o divórcio, nós nos apertamos as mãos. Tornou-se um gesto natural. No começo, nos parecia estranho, depois de termos nos beijado durante tantos anos.

Na verdade, isso não deixa vestígios. Acho difícil de acreditar que dormimos na mesma cama e que eu sentia prazer ao fazer amor com ela.

– E você?

– Acabo de ter uma gripe. Você não tem medo de pegá-la?

– Você sabe muito bem que tenho uma saúde de ferro.

Jeanne envelhece bem. Poderíamos crer que, baixa e magra, ela ficaria mirrada. Aconteceu o contrário. Ela se tornou mais arredondada, sem com isso ganhar peso.

Seus olhos, muito inteligentes, adquiriram certo ar de seriedade, e temos a impressão de que ela compreende tudo, que perdoa tudo.

Pergunto-me a impressão que lhe dá entrar aqui como convidada, ela que era outrora a dona da casa. Seu quarto não mudou. Ela não quis levar os móveis dele, nem os do seu boudoir, afirmando que não combinariam com seu novo apartamento.

Quanto ao que chamo de minha condessa italiana, ela não teve tempo de transformar coisa alguma, pois passávamos quase todo o tempo viajando.

Não conheço o apartamento em que Jeanne vive com Nathalie. Ela nunca me convidou. Não lhe pedi licença para ir vê-lo.

Conheço o imóvel, muito moderno, construído no lugar de duas casas de três andares um pouco antes da esquina Montparnasse. Jeanne mora no alto, e deve ter uma bela vista.

– Você não teve mais notícias de Pat? Acha que ela tem chances de sair dessa?

– Não sei...

Sempre houve uma interrogação em seus olhos. Estou convencido de que, desde que nos conhecemos, ela se perguntou se eu era um perfeito egoísta ou se, ao contrário, era incapaz de externar minhas emoções.

Falo com ela sobre Pat e sobre a morte do meu filho com calma demais para o seu gosto.

Enquanto isso, preparo-lhe um martíni seco e me sirvo de meio copo de vinho do Porto.

– À sua saúde!

– À sua!

Do salão, passamos para meu gabinete, esperando que nos anunciem o jantar. Não gosto dessa palavra, gabinete, que me faz pensar em salas comerciais. Mas não posso dizer boudoir. Sala íntima também soaria ridículo.

– Foi legal, o que você fez por Jacques... Quando ele foi falar comigo, ainda estava todo emocionado. O coitado achava que seu casamento com uma moça tão jovem fosse deixar você de mau humor.

– Não há motivo...

– Foi o que eu lhe disse... Ele está fazendo planos com o arquiteto, mas acho que não vai esperar a mudança para se casar. Visitei a loja e o apartamento do primeiro andar. São realmente bons.

Ela me observa aos pouquinhos. Sempre fez isso. Durante todo o tempo em que vivi com ela tive a impressão de que tinha a meu lado alguém que me julgava.

E ela continua. A cada visita, deve me achar um pouco mais envelhecido, com um pouco menos de entusiasmo. Então, me domino. É ridículo, porque sei que não a engano.

– Você não se chateia?

– Não.

– Não lamenta ter abandonado a direção executiva do banco?

– Não.

– Você ainda desce todas as manhãs?

– À tarde também...

Não quero piedade e a sinto no limite da piedade. Jeanne conhece a infinidade de cômodos nos quais vivo e deve me ver magro e frágil no meio de todo este espaço. Pergunto:

– Você já viu essa Hilda?

– Ele já me apresentou, sim. Jantamos juntos na Lipp.

Para mim, ninguém a apresentou. Serei o último a vê-la. Não faço parte do clã deles.

A palavra não é justa, mas não encontro outra. Há entre eles uma cumplicidade natural que lhes permite discutir assuntos que não abordariam comigo.

Isso sempre existiu. Com Jean-Luc também, que vai ver a mãe todas as vezes que vem a Paris, mas raramente me faz uma visita.

Estou convencido de que eles gostam de mim. Talvez cheguem até a ter certa admiração por mim, pelo caminho que percorri desde Mâcon. Ainda assim, não querem se parecer comigo e se irritam com o cenário no qual os criei.

É difícil explicar. Não diria que são cínicos, que só se interessam pelo meu dinheiro. Seria falso. Quer o destino, entretanto, que só me venham ver quando precisam de mim.

– Como eles se referem a mim, entre eles?

– O coitado do velho *dad*...

Um homem de outra época, num cenário de outra época.

– A vida dele não deve ser alegre todos os dias...

"– Ele passou anos sem privações, não foi?"

É verdade que não me privei de coisa alguma.

– Nathalie não telefonou para você?

– Deveria ter telefonado?

– Ela me disse por acaso que estava com vontade de fazer uma visita um dia desses e eu recomendei que ela telefonasse antes.

– Por quê?

– Para ter certeza de não atrapalhar.

– Não vejo por que ela me atrapalharia.

– Você poderia estar com alguém...

– Você quer dizer com uma mulher?

– Por exemplo...

– Não recebo mulheres aqui.

Ela parece surpresa, depois faz uma cara maliciosa.

– É a sra. Daven quem...

Enrubesço. Nunca toquei na sra. Daven, e Jeanne mal a conhece, porque ela não estava na casa no seu tempo. Foi depois da partida de Nora que, tendo ficado sozinho, procurei uma criada de quarto.

– Você está enganada.

– Então como é que você faz?

Isso a diverte. Sempre fez perguntas indiscretas, mesmo a nossos amigos, que ela deixava constrangidos.

– Vou à casa de madame Blanche.

– Quem é madame Blanche?

– Uma velha senhora muito distinta, de cabelos brancos, que mora num hotel particular na Rue de Longchamp. Não é qualquer um que entra lá. É preciso apresentar credenciais. E é melhor se fazer anunciar com algumas horas de antecedência.

– Sei...

– Ela conhece muitas jovens.

Hesito em perguntar: "E você?"

Não faço essa maldade, ainda que esteja zangado com ela por ter suspeitado da sra. Daven.

– Não sei o que Nathalie vai falar com você. Com ela, você pode se preparar para surpresas...

– Jacques me disse... Sua maquiagem... Seus cigarros... Os amigos cabeludos com quem anda pelas boates de Saint-Germain-des-Près.

– Eu a avisei. Eu tentei segurá-la. Nesse ritmo, ela acabará se desgastando...

Passamos à mesa. Mando servir champanhe, pois Jeanne sempre gostou de jantar com champanhe. É realmente pelo prazer. Uma sopa, leve. Meio pombo. Muita salada e nenhuma sobremesa.

– O que estava dizendo? Ah! É... Eu me pergunto como os nervos dela aguentam, e olha que passo quase todas as noites em casa. É raríssimo eu sair depois do jantar.

"– Ela me ronda para criar coragem e acaba dizendo num tom negligente:

"– Você não vai ver televisão?

"– Não.

"– Você não se aborrece se eu sair por uma horinha? Detesto deixar você sozinha, mas...

"– Uma horinha?

"– Talvez mais.

"– Não se esqueça da chave...

"– Porque sei que ela não voltará antes de uma ou duas da manhã."

Jeanne acende um cigarro, e percebo, quando ela estica os lábios, que o que mais envelheceu nela foi a boca. Há, de cada lado, uma linha bastante profunda, como se seu maxilar tivesse recuado um pouco.

– Às vezes, a levo para jantar num restaurante, sabendo que minha companhia não a diverte. Por outro lado, ela ainda tem certa doçura.

"– Você sabe – perguntou-me ela outro dia – há quanto tempo Jacques e Hilda vão para a cama juntos?

"– Eu nem sabia que iam.

"– Você não desconfiou?

"– Nem pensei em me perguntar isso. A quem você perguntou? Ao seu pai?

"– A Hilda. Ela é o máximo. Jacques poderia ter escolhido uma mulher da idade dele que eu teria detestado.

"– Ela continua a chamar o pai de Jacques e eu continuo a ser Jeanne."

Só eu sou o *daddy*. Sem dúvida, falta coragem para dizer avô.

"– Ele escolheu uma que é quase da minha, e nós vamos poder ser amigas... Já somos.

"– Espero que você não esteja indo perturbá-los demais.

"– Eu não os perturbo. Se perturbasse, Hilda me diria. Ela me diz tudo... Eu também.

"Ela conheceu Jacques há quatro meses e, três dias depois, foi pra cama com ele... Ele não foi o primeiro. Antes dele houve um músico, um guitarrista inglês...

"Essa é a nossa neta..."

Ela me olhou com surpresa porque eu me mantinha calmo, um leve sorriso nos lábios.

– Você não fica preocupado?

– Para quê?

– Você fica indiferente ao que poderia acontecer?

– Não. Só que aprendi que não se muda o destino de um ser...

– Você mudou o meu.

– Nem tanto. Você morou aqui e teve dois filhos. Nem por isso deixou de continuar fiel à sua carreira e hoje alcançou o que tinha resolvido alcançar: a cadeira de diretora.

– Isso é uma censura?

– Não. Nem você nem eu tivemos a menor influência sobre Jean-Luc. Ou melhor, nossa influência foi negativa. Nosso tipo de vida o enojou tanto que ele se alistou nos paraquedistas.

Ela se espanta por me ouvir falar assim, e o que mais a surpreende é o tom leve que adotei. Não é um papel que represento. Sinto-me realmente leve, de repente.

Observo-a e, pela primeira vez, sou mais jovem do que ela. Mais livre, também, de todas as convenções.

– Ele sempre gostou de esportes, de ar livre – ela tenta protestar.

– Como quiser. E Jacques, sempre gostou da boemia? Por quê, desde que foi possível, ele mergulhou na vida de Saint-Germain-des-Près?

Ela parece desconcertada, como se essas ideias nunca lhe tivessem ocorrido. Sinto que a choquei, a ela, que tem tanta experiência.

– Agora é a vez de Nathalie. Ela começa mais cedo do que os outros, talvez porque seja uma femeazinha, talvez apenas porque encontrou o caminho já traçado...

Ela ri, um riso forçado.

– E eu que esperava censuras!

– Por quê?

– Você poderia ficar com raiva de mim por lhe ter dado liberdade demais.

Sorrio para ela.

– Você é um homem engraçado, François.

– Os anos acabaram me ensinando algumas coisinhas.

– A mim também, mas começo a acreditar que fiquei mais antiquada do que você. Você não tem preocupação de que, no futuro, ela passe mais tempo no Quai des Grands-Augustins do que lá em casa?

– Isso não vai durar.

– Por quê?

– Porque Jacques e sua mulher logo ficarão cheios. Principalmente ela. Pela primeira vez vai ter uma casa dela, um homem dela, um apartamento dela, e não vai querer dividir com ninguém.

Tenho tanta certeza assim?

Quando Jean-Luc vem a Paris, vai para a casa do irmão, e várias vezes por ano Jacques vai a Saint-Tropez.

– Não foi bem isso o que Nathalie me disse...

– O que ela disse?

"– Você sabe, Jeanne, nós somos uma gangue, e Jean-Luc faz parte dela. Nas férias, vamos todos para Saint-Tropez. Talvez até possamos ir passar o Natal em Megève."

Isso me dói um pouco. Um pouquinho. Será que dói em minha ex-mulher?

Ainda que quase faça parte de tudo, ela é pessoa de confiança, e não a convidam para fazer parte da gangue, como diz Nathalie, mas a deixam a par das coisas.

Eles construíram para si mesmo, em todos os detalhes, um estado de espírito que nada tem a ver com o nosso. Entre eles relaxam, e nada importa além de seu prazer do momento.

Não ouso dizer que estejam errados. Ao contrário de Jeanne, não julgo. Sempre me esforcei para não julgar ninguém.

– Não estou impedindo você de ir se deitar?

– Não.

– Parece que Donald deixou viúva e três filhos?

– Isso mesmo.

– Suponho que você tenha cuidado de tudo.

– É claro, fiz o que era preciso.

– Eles usam o seu nome, naturalmente.

– Que nome usariam? São meus netos da mesma maneira que Nathalie e os outros que ainda virão.

Sinto um leve endurecimento. Das duas mulheres que tive, uma antes, outra depois do nosso casamento, Jeanne nunca demonstrou ciúmes, do mesmo modo como não demonstrava quando eu tinha alguma aventura.

Eu juraria que o mesmo não acontece no que diz respeito aos filhos. São os filhos dela. Ela não deve ver com bons olhos a concorrência desses três americanos que virão um dia reclamar sua parte da herança.

Continuo, imperturbável:

– Ignoro como seja a menina... Ela não estava lá quando Eddie Parker foi a Newark. O mais velho é muito bom. Aos vinte anos, sente-se capaz de assumir a responsabilidade da família. Quanto ao negócio, não é coisa difícil de gerir.

– E quando ele se apaixonar?

– E me preocupei quando Jacques se casou pela primeira vez, ou depois, semana passada, quando veio me falar de Hilda?

– Não é a mesma coisa...

– Por quê?

Ela não sabe o que responder.

– Você vai lá?

– Não penso nisso.

– Você não se interessa por eles?

– Não me sinto com coragem para passar horas num avião.

– Há navios...

– No fundo, não tenho mais vontade de viajar. Mais tarde, se quiserem me conhecer, sempre poderão vir me ver...

Detesto-me pela minha crueldade. Jeanne é apenas uma mãe como todas as outras.

Durante todo o tempo em que foi minha mulher, não tentou mudar meu temperamento ou meu tipo de vida, como fazem tantas outras.

Talvez não tenhamos sido amantes por muito tempo, mas nos tornamos bons companheiros.

Ainda somos.

Fujo do assunto murmurando:

– A vida é imprevisível.

Isso não quer dizer nada. Do jeito que as coisas vão, haverá ainda bancos particulares daqui a cinco, dez anos? É bem possível que a herança pareça um dia um costume monstruoso.

Jeanne se levanta:

– Vou embora...

– Diga à Nathalie que ela pode vir me ver quando quiser.

– Direi...

– Ficarei contente. Obrigado por ter vindo.

Ela sorri.

– Tenho a impressão que você está ficando um pouco cerimonioso...

É minha vez de sorrir.

Ora! Continuamos velhos amigos apesar de tudo.

CAPÍTULO V

Estamos na segunda-feira. Há uma semana, exatamente, recebi a carta de Pat.

Hoje, pela manhã, aconteceu um pequeno fato que me aborrece. Jeanne é a causa involuntária. Ontem à noite ela falou da sra. Daven de um jeito que não gostei.

Então, nesta manhã, enquanto ela abria as cortinas, eu a olhei, mesmo sem querer, de um modo diferente do que sempre a olho. De repete, ela se virou. O que a terá surpreendido em meu olhar? De qualquer forma, ela enrubesceu como eu na véspera, e sua mão tremia quando me estendeu a xícara de café.

Isso não é ridículo, aos 74 anos? Penso muito na minha idade, demais mesmo. Por exemplo, se vou de vez em quando à Rue de Longchamp, ao hotel de madame Blanche, é porque não quero impor o velhote que sou a uma mulher que não seja uma profissional.

Entretanto, não me sinto velho. Ignoro se os homens da minha idade têm a mesma impressão que eu. No fundo, parece-me que continuo um garoto.

Quando eu era moço, estava convencido de que o estado de adulto existe, que há um momento, na vida, em que nos sentimos fortes, seguros de nós mesmos, e no qual encaramos os problemas com lucidez e sangue-frio.

Não é verdade. Alguns homens representam melhor o papel, se cobrem de roupas austeras e solenes, dão ao rosto uma seriedade artificial. Inventaram títulos, o que se chama de honras, condecorações, academias.

E todos eles continuam, apesar de tudo, garotinhos!

Ainda há pouco, enrubesci, como se apanhado em erro. E agora, o que vai acontecer? Algo com certeza acontecerá e espero que não estrague tudo.

Por que me vem à lembrança o modo como encontrei a condessa Passarelli, quando estou na banheira? Talvez porque, ainda daquela vez, conduzi-me como um rapaz recém-saído da puberdade.

Eu tinha 58 anos. Estava divorciado de Jeanne há sete e não sentia qualquer necessidade de me casar outra vez. Tinha aventuras e aproveitava minha liberdade.

Aconteceu em Deauville. Estava jogando e tinha diante de mim um belo homem de cabelos brancos, o marquês de Enanches. Por que nos vimos de repente competindo? Cada vez que ele assumia a banca eu aceitava a aposta e ele fazia o mesmo quando a mão era minha. A cada rodada aumentávamos o cacife, de modo que tínhamos chegado ao ponto de jogar bem algo.

Os outros estavam praticamente fora do páreo, e alguns curiosos, de pé, acompanhavam nosso duelo.

Foi então que chegou uma mulher jovem, sobriamente vestida de preto, usando um admirável conjunto de diamantes. De pé atrás do marquês, inclinou-se para beijar o rosto dele. Ele se virou sorrindo e apertou-lhe a ponta dos dedos.

Eu tinha certeza de que eram amantes. Do nada, me veio a ideia de tomá-la dele. Um desafio, em suma. Como se tentasse me autoafirmar. Levou uma semana e, no fim das contas, só consegui ao falar em casamento.

Desposei-a então e, por três anos, ela me levou a todos os lugares que costumava frequentar.

– Desculpe-me, minha cara condessa, mas vou precisar passar mais tempo em Paris, pois meus negócios requerem minha presença. Desde que a conheço só os tenho negligenciado.

Nunca nos tratamos pelo primeiro nome, ela e eu. Nunca houve uma verdadeira intimidade entre nós.

– Por que não me disse antes?

Ela me olhava com grandes olhos surpresos:

– E eu que acreditava agradar, distraindo você...

Ela propôs o divórcio com naturalidade, e foi o que fizemos. Ela não fez questão de pensão.

Estaria mais maduro quando, antes dela, me casei com Jeanne? Pela primeira vez encontrara uma moça tão inteligente quanto atraente. No começo, imaginei ser para ela um amigo. Então, um belo dia, fomos para a cama e acreditei ser meu dever casar com ela.

Quanto à Pat...

Pobre Pat! Penso nela em seu leito no Bellevue. Ela era modelo, com um corpo perfeito. Ela era americana e eu estava descobrindo a América.

Se eu vasculhasse bem no fundo de mim mesmo, sem dúvida descobriria que muitos dos meus atos só foram realizados com o objetivo de me autoafirmar. Os homens, entre si, têm pudores que perdem na presença das mulheres. Nunca perguntei a um homem da minha idade se ele tinha os mesmos problemas que eu.

A sra. Daven preparou-me um terno num tom de cinza um tanto claro para a estação do ano. É ela quem, na maioria das vezes, escolhe pela manhã a roupa que vou usar. Quase sempre, acerta em cheio. Terá sido de propósito que hoje ela tenha tirado do armário o terno mais alegre e que mais me rejuvenesce?

Aquilo me perturba. Ela também, parece-me, me olha em busca de aprovação.

– É verdade que faz sol – digo, olhando na direção da janela.

Desço ao escritório às 9h05, como de costume, e sento diante de minha correspondência. Contas, principalmente. Pedidos de dinheiro para obras de todo tipo. Cartas de agiotas profissionais. Eles não se dão conta de que, com um pouco de hábito, é possível reconhecê-los desde as primeiras linhas.

Um aviso fúnebre. A princípio, o nome nada me diz. Lucien Lagrange, morto aos 87 anos. Uma longa relação de títulos e condecorações.

Acabo descobrindo que foi outrora presidente do Banco de França e que nos encontramos muitíssimas vezes. Eu o considerava morto há muito tempo.

Tiro da minha gaveta o caderno de endereços forrado de vermelho. Comprei-o no Boulevard Saint-Michel quando ainda estava na Faculdade de Direito. Nunca usei outro. Ele contém os nomes de todos os que foram meus amigos, meus colegas, simples conhecidos, nomes de mulheres com seus números de telefone.

A cada vez que tomo conhecimento de uma morte, risco o nome com lápis azul, e os nomes riscados são mais numerosos do que os outros. Meu caderno de telefones me faz pensar num cemitério.

Eu o folheio, esta manhã. Reencontro vestígios de pessoas que tinha esquecido. Há alguns que não tenho certeza de estarem mortos. Sumiram de circulação, mais exatamente, sumiram da minha órbita.

Os que me conhecem devem manter, como eu, seu caderno atualizado, e chegará a manhã em que, recebendo um cartão debruado de preto, será meu nome que riscarão.

É melhor ir ao clube. Ginástica. Massagem. Algumas braçadas na piscina.

– O senhor, pelo menos, tem força de vontade – repete-me René com frequência. – E veja em que forma o senhor está...

Ele acha que me agrada. Ora, para mim, isso significa que, se eu não tomasse precauções, seria um velhote relaxado...

Um velhote... Um garoto... De que adianta pensar nisso?

Dia desses, será preciso que eu vá ao campo. Há muito tempo não vejo um campo de verdade, uma aldeia, vacas, uma trilha.

Antigamente, eu costumava pedir a Émile para me levar de carro a qualquer lugar, a uns trinta ou quarenta quilômetros de Paris. Mandava-o estacionar e andava ao acaso. Às vezes entrava num albergue e pedia um copo de vinho da região. As pessoas me olhavam com curiosidade, porque tinham me visto descer de um Rolls-Royce.

– Place de l'Opéra, Émile...

Eu tinha vontade de sentir a multidão fluir à minha volta, de ver vitrines. O ar está agradável. Reencontro, ao longo da Rue de la Paix, a maioria das lojas que sempre conheci.

Vou ao bar do Ritz tomar um vinho do Porto, e Georges, o barman, observa:

– Há muito tempo o senhor não vinha nos visitar.

Ele me observa, como para saber se eu estava mudado, ou se havia estado doente.

– O senhor continua o mesmo! Em plena forma! E sempre magro...

Almoço sozinho, enquanto a sra. Daven me traz os pratos. Não me enganei pela manhã. Há algum embaraço entre nós. Ainda não sei como lidar com isso, nem se é melhor precipitar as coisas.

É curioso que tenha sido Jeanne a criar essa situação. Poderia parecer que o fez sem segundas intenções, mas, como sei que a conheço, ela não falou à toa.

Minha sesta. O que importa é não pensar. Apenas imagens. De preferência, imagens muito antigas. Com frequência escolho cenas da minha infância, sobretudo as que são um pouco indistintas. No final, elas se misturam, e é sinal de que vou adormecer.

Fico surpreso por ver o sol penetrar no quarto. A sra. Daven, de pé junto à janela, acaba de puxar as cortinas.

– Acho que, dessa vez, o senhor dormiu, não foi?

– Acho até que sonhei.

Em vão procuro meu sonho. Ele era todo suave.

– Há alguém à sua espera no salão.

– Quem?

– Uma moça que me pediu simplesmente para dizer que é Hilda.

Jacques deve ter lhe dito que depois da sesta é a hora com mais chances de me encontrar.

– Ela está sozinha?

– Está.

Aquilo me parece curioso, mas já não me espanto com muita coisa. Não me apresso. O momento do café é um dos meus preferidos durante todo o dia e eu o bebo a pequenos goles, não sem ir uma ou duas vezes à janela.

Por que penso na suntuosidade da época na qual a Place Vendôme foi construída? Era também a época de Versailles. Os homens usavam roupas de seda brilhante, perucas. Eles também precisavam de autoconfiança. Inclusive, sem dúvida, Luís XIV, que organizara toda aquela pompa ao seu redor.

Atravesso o gabinete e entro no salão. Uma moça alta e loira, de pé diante do rebocador de Vlaminck, vira-se rapidamente, e leio perplexidade em seu olhar.

Terá meu aspecto a surpreendido? Me imaginaria de outro modo, pelas descrições de Jacques ou de Nathalie? Mais alto? Mais gordo? Mais velho? Mais moço?

Ela tem um rosto franco e me olha corajosamente nos olhos.

– Não imagino que isso seja muito educado, não é?

Sorrio, estendendo-lhe a mão. Ela usa uma saia escocesa, muito curta, meias brancas até os joelhos e mocassins.

Sua jaqueta bege termina de lhe dar a aparência de uma colegial, mas de altura ela tem pelo menos uma cabeça a mais do que eu.

– Pensei que se fosse esperar Jacques vir me apresentar...

– Suponho que ele esteja ocupado com as obras das novas peças.

– O senhor não sabe em que estado a sua generosidade o deixou. A cabeça dele fervilha. Todos os dias ele tem novas ideias, e o pobre arquiteto não sabe mais em qual se deter.

Ela fala francês sem precisar procurar as palavras, com apenas uma pontinha de sotaque. Ela se vira para o Vlaminck.

– É magnífico, não? Deveria ser maravilhoso ser pintor nessa época...

Depois ela olha em volta, sacudindo a cabeça. É evidente que o salão a impressiona.

– Eu não acreditava que isso ainda existisse...

Ela nomeia os quatros, um depois do outro:

– Um Cézanne... Um Picasso... Um Juan Gris... São verdadeiras peças de museu, o senhor faz ideia?

Sorrio porque se pode sentir que é direta, isenta de complicações. Não percebo maquiagem alguma. Talvez um pouco de pó e uma sombra de batom.

– E a vista? Os móveis são de época, com certeza.

– São. No meu gabinete está meu quadro preferido, um Renoir. Quer vê-lo?

Atravessamos a sala de jantar, e ela continua a observar tudo com grandes olhos maravilhados. No gabinete, fica tão perplexa que se vira rapidamente para mim.

– Foi sua a ideia de forrar as paredes de couro?

– Pensei que ficaria mais masculino...

Ela olha minha jovem banhista com uma espécie de ternura.

– Eu não esperava tudo isso... Imaginava encontrar um apartamento severo, como a casa da maioria das pessoas ricas. O senhor é colecionador há muito tempo?

– Não sou um colecionador. Simplesmente comprei quadros que me agradavam, alguns quando eu não tinha muito dinheiro... Não custavam caro, na época.

– Parece um conto de fadas.

Hilda tem pernas compridas, coxas compridas, cabelos muito loiros. Ao lado dela, Nathalie deve parecer terrivelmente sofisticada. Ou muito criança, no fundo, pois sua maquiagem, seus cigarros, seus artifícios sem dúvida acabarão um dia.

– É verdade que o senhor disse "tudo bem" na mesma hora, quando Jacques lhe informou de sua vontade de se casar?

– Ele é adulto, não é?

– Claro. O senhor poderia ficar contrariado por ver uma desconhecida se introduzir na família.

– Desconfiava que você não continuaria a ser uma desconhecida.

– Que impressão lhe causo?

Ela é tão direta que me desconcerta.

– A impressão de uma menina grande, saudável e fresca.

– Minha atitude não parece ingênua para o senhor?

– Considero-a mais para espontânea... O que posso lhe oferecer? Um uísque?

– Imagino que o senhor não tenha suco de frutas...

– Mas claro!

Toco a campainha. A sra. Daven percebe de imediato que Hilda e eu já somos amigos.

– Que sucos nós temos?

– Laranja, framboesa, limão...

– Framboesa, por favor. E o senhor?

– Acabo de tomar café...

– Eu sei... Depois da sesta... Estou informada de muitas coisas, só que as imaginava diferentes.

Estamos sentados um diante do outro nas poltronas de couro, e lhe fico grato por não puxar sem parar a saia como a maioria das mulheres que usam roupas curtas. Pouco lhe importa que eu veja a metade de suas coxas. Ela poderia perfeitamente ser nudista.

– De que parte da Alemanha você vem?

– De Colônia. Meu pai é professor de piano. Quando digo isso, me olham com surpresa, porque as pessoas pensam que ninguém mais aprende a tocar piano... Tenho dois irmãos mais moços do que eu... Minha mãe também é muito jovem.

– Você contou para eles do seu casamento?

– É claro... Escrevo para eles duas ou três vezes por semana, sobretudo para meu pai. Somos como cúmplices, nós dois.

Essa é uma alegria que não conheci. Invejo aquele homem.

– Por exemplo, quando resolvi vir estudar em Paris, foi com ele que falei... Mamãe teria dado gritos enormes e teria feito tudo para me impedir. Meu pai arrumou as coisas... Ele é um homem doce, paciente, que acaba sempre conseguindo o que quer...

Ela bebe o suco de framboesa como uma criança, e uma mancha roxa se desenha ao redor dos seus lábios. Ela adivinha o que houve pelo meu olhar, tira um lenço da bolsa, molha-o com a língua.

– Jacques lhe disse como gostaríamos de nos casar?

– Ele não me deu nenhuma informação. Meus filhos e minha neta me fornecem pouquíssimos detalhes a respeito de suas vidas.

– Por quê?

– Com certeza porque me acham velho demais para entender...

– O senhor não é velho... Eu conto tudo a meu pai. Quando me apaixonei por Jacques e fizemos amor, escrevi para ele.

É maravilhoso. A gente não se cansa de olhar para ela e, ao ouvi-la, se pergunta por que, na juventude, não tivemos a sorte de encontrar uma moça como ela.

Será que meu filho se dá conta da raridade de sua descoberta? Não estará correndo o risco de estragá-la, mergulhando-a no mundo de Saint-Germain-des-Près, levando-a a Saint-Tropez, e sei lá o que mais?

– Aliás, para o senhor também direi o que me vier à cabeça. Vou incomodar se vier visitá-lo de vez em quando?

– Eu adoraria...

– Nathalie não vem muito, não é?

– Só quando precisa de mim.

Ela sacode a cabeça.

– Não se zangue com ela. Não é culpa dela ser é tão complicada. Tenho certeza de que se angustia. Então ela sai, vai a qualquer lugar com barulho, gente amontoada, fumaça, música...

– E você?

– Também vou às boates, porque Jacques me leva...

– Você é muito amiga de Nathalie?

Sinto que hesita. Depois ela responde simplesmente:

– Gosto muito dela...

– Ela não a aborrece?

– Aborrecer, não... Às vezes me cansa um pouco. Ela tem sempre necessidade de fazer alguma coisa, de ir a algum lugar... Ela não para quieta, e não consigo acompanhar seu ritmo. É assim que se diz?

– Perfeito.

– Ela está contente por entrar para Belas-Artes. Quando isso acontecer, vai precisar de um ateliê. Não há lugar para pintar no apartamento da avó.

– Quais são os planos dela?

– Alugar um ateliê e morar lá sozinha.

Ela me observa, achando que vou reagir. O fato de eu não protestar a surpreende.

– Jeanne com certeza não vai querer...

Ela chama minha ex-mulher pelo primeiro nome.

– Afinal, Nathalie só terá dezesseis anos.

– E você? – pergunto.

– Dezoito. Eu sei! E já faz um ano que estou em Paris.

– Você aprendeu francês na Alemanha?

– Sim. Meu pai fala francês muito bem... Ele também fala italiano e um pouco de espanhol. Que línguas o senhor fala, além da sua?

– Só inglês.

– Eu falo inglês, com um sotaque horrível. Estou chateando, não é? Pergunto-me se não fiquei tempo demais... Parece que isso não é elegante para uma primeira visita...

Ela ri.

– Tinham me dito que o senhor era um cavalheiro muito elegante...

– E não sou?

– O senhor é simples...

Haverá, na família, alguém que não se engane a meu respeito, ou esta boa impressão que causo hoje é apenas momentânea?

– Eu tinha começado a falar dos planos de Jacques para o nosso casamento... Nós não queremos, nenhum dos dois, uma verdadeira cerimônia, com as duas famílias, os tios, as tias, os amigos... Isso o choca?

– Nem um pouco.

– Nem ao meu pai. Ele nem mesmo virá a Paris. Nós é que iremos visitá-lo um dia. Iremos simplesmente ao cartório, vestidos como todos os dias, com nossas duas testemunhas, ainda não sabemos quem, depois teremos um bom almoço ou um bom jantar a dois.

– Você gosta de comer?

– Muito. E também, mais tarde, serei muito gorda... Já avisei Jacques.

– Vocês vão viajar?

– Por quê? Voltaremos para casa. Gostaríamos que fosse para o apartamento novo, mas não temos paciência para esperar tanto tempo. Vai ser preciso pintar tudo, porque está muito sujo. A gente percebe que foi gente velha que morou lá.

Ela morde os lábios, o que sublinha a gafe. Então se apressa em olhar à sua volta.

– Não é como aqui.

Sorrio, para fazê-la compreender que não me ofendeu.

*

Passo de qualquer modo no banco, mesmo não estando mais aberto ao público, e um pouco mais tarde recebo um longo cabograma de Eddie. O contador que ele finalmente enviou a Newark trabalhou depressa. Ele afirma que trinta mil dólares serão suficientes, não apenas para recuperar o negócio, mas para garantir um bom recomeço.

Tenho notícias de Pat. O professor Penderton vai operá-la na semana que vem. A data ainda não está marcada.

É claro, respondo a Parker que faça o que for preciso em relação à oficina e que me mantenha informado a respeito da saúde de Pat.

A visita de Hilda me fez bem. Sinto-me com um humor mais leve e não tenho vontade de devanear o tempo todo como nos últimos dias.

Vou caminhar um pouco. Numa vitrine, vejo um carrinho inglês, conversível, que me parece ser o carro ideal para uma moça. Será meu presente de casamento para Hilda. Assim, ela não dependerá do marido para pequenas viagens.

Ainda uma coisinha, esta noite, sobre minhas relações com a sra. Daven. Como de costume, ela espera no quarto até que eu esteja deitado. Nós nos desejamos boa noite. Quando anda em direção à porta, ela para, vira-se para mim, abre a boca para falar e logo se apressa a sair. É obrigada a voltar no mesmo instante, pois se esqueceu de apagar a luz.

Durmo admiravelmente, sem acordar uma só vez, e de novo há sol.

– Pergunto-me se não vou dar um passeio no campo – digo à sra. Daven, enquanto bebo minha primeira xícara de café.

Não ouso perguntar se ela gostaria de ir comigo. Ela quase nunca sai.

– Talvez eu almoce num albergue. Vai depender...

Não vou ao clube. No escritório, mal dou uma olhada na minha correspondência. Émile me espera com o carro na frente do pesado portão do prédio.

– Para que lado o senhor deseja ir?

Muitas vezes nos dirigimos para a nascente ou para a foz do Sena, ou ainda para o Vale de Chevreuse. O que eu gostaria seria reencontrar pequenos caminhos tranquilos como antigamente.

– Suba o Marne, costeando-o o máximo possível ou seguindo o canal...

Não vou para esses lados desde minha primeira volta dos Estados Unidos. Pat queria conhecer uma taberna. Indicaram-me uma nos arredores de Lagny e fomos até lá.

– Passe por Lagny.

Não há uma, e sim quatro tabernas que disputam a freguesia. Para ser mais exato, são restaurants-dancings quase luxuosos.

Vamos bastante longe, e a última tabuleta ostenta o nome de Tancrou. Uma aldeia. Logo depois, um caminho desce até o Marne.

– Deixe-me aqui e me espere...

É uma verdadeira trilha de terra, como antigamente, com uma escarpa encimada por uma sebe de cada lado. A duzentos metros, vislumbro uma fazenda, com galinhas sobre um monte de esterco, patos que seguem em fila indiana para um charco.

Não sabia que ainda existem charcos. Esse é coberto por lentilhas-d'água. Não sei se esse é o nome certo, mas era assim que eu as chamava, na infância, quando brincava pelos campos. Não precisava ir longe: quase após a ponte Saint-Laurent, estávamos no campo.

Sempre vivi nas cidades. Deauville, apesar do nosso parque, não se pode chamar de campo; Cap d'Antibes também não.

Lamento isso, de repente. Deveria ter comprado uma propriedade como uma fazenda, como fazem muitos parisienses. É tarde demais. Talvez isso tivesse feito bem às crianças.

Olho a sebe e subitamente reconheço as folhas de um arbusto. Olho mais para o alto e vejo avelãs ainda verdes.

Pois então, apesar dos aviões, das autoestradas, da criação de gado com produtos químicos, ainda existem aveleiras.

Descubro cachos de três e de até quatro avelãs. Seu invólucro verde-claro, que se parece com um vestidinho, é adstringente. Lembro-me da sensação desagradável que ele deixava na boca quando o puxava com os dentes.

É idiota. Estou absolutamente surpreso por estar emocionado. Tenho o ar de quem fez uma descoberta e repito para mim mesmo:

– Ainda restam aveleiras...

Vejo isso como um símbolo. É bastante indefinido em meu espírito. Aquilo sem dúvida significa que o mundo pode mudar o quanto for, sempre haverá cantos de frescor.

E o homem?

Tento alcançar as avelãs, mas estão altas demais para mim. Seria preciso subir a escarpa recoberta de uma grama escorregadia, e me arriscaria a quebrar um braço ou uma perna.

Sigo ainda por um bom pedaço do caminho sem chegar ao Marne e resolvo dar meia-volta.

– E agora? – pergunta Émile, retomando o volante.

Hesito. Não existem mais albergues de verdade e, todas as vezes que tentei, comi muito mal, num cenário artificial.

– Para casa.

No fundo, o campo sempre me deu medo. Ele representa a natureza com suas brutalidades, os ventos, as tempestades, as inundações, os deslizamentos de terra. Mesmo as flores dos campos não passam, como a grama, de uma espécie de cogumelo. E cada aldeia é ladeada pelo seu cemitério.

As cidades são mais tranquilizadoras, com as fileiras de luzes que acendem automaticamente sem esperar pelo crepúsculo.

Almoço e faço a sesta. No fundo, há anos, o tempo estacionou, nada mais acontece, tudo o que faço é girar como um cavalo de circo.

Quando acordo, vejo de imediato que a sra. Daven tem algo para me dizer.

– A srta. Nathalie está à sua espera...

É curioso. Durante meses, não recebi uma só visita, fora a do dr. Candille. Parece até que foi a carta de Pat que desencadeou tudo. Jeanne apareceu. Jacques também. Ontem foi Hilda, e eis que hoje me anunciam Nathalie.

Parece até que combinaram. Só fica faltando Jean-Luc...

Passo um pente nos cabelos e arrumo a gravata. Estou usando um terno azul-marinho e, quando ela era pequena, era exatamente de azul que Nathalie me preferia.

Dirijo-me para o salão enquanto ela já atravessa a sala de jantar. Ela viveu aqui tempo suficiente para que se comporte como em sua própria casa.

Ela me oferece a testa.

– Bom dia, *dad*...

Digo a mim mesmo que foi Hilda quem a aconselhou a vir para me agradar. Mas, quando olho para minha neta, mudo de opinião.

Seu rosto está repuxado, as olheiras são grandes e seus lábios tremem como se ela tivesse medo, ou como se prendesse o choro.

Com a mão em seu ombro, levo-a para meu gabinete. Por pouco não a ponho no colo como quando era criança.

Ela vai se sentar na minha frente, e percebo que está usando um vestido. É raro. Em geral, usa calças compridas ou uma minissaia com blusa de gola rulê.

Foi para mim que se vestiu.

– Alguma coisa errada?

Ela me olha fixo, como se perguntando até que ponto pode confiar em mim. Ela jamais me tomou como confessor, e é exatamente isso o que me surpreende hoje. Pergunto, em tom neutro:

– Apaixonada?

E ela responde mecanicamente:

– Já estive...

– Ele foi embora?

Ela dá de ombros. Será que, no último instante, vai mudar de ideia, se levantar e sair? Preciso retê-la. Ela está tão tensa que dá pena de ver.

– Você sabe, minha neta, que pode me contar tudo, mesmo as coisas que parecem ser muito graves...

Ela se liberta no mesmo instante da couraça, dizendo sem rodeios:

– Estou grávida.

Consigo me conter, não demonstrar surpresa.

– Você não é a primeira a quem isso acontece, não é mesmo? O que diz o pai?

– Ele não está mais em Paris.

– Ele pretendia se casar com você?

– Não.

– E mesmo assim...

– Fui eu que pedi... Achei que ele se precavesse...

– Você tem certeza de que está grávida? Você foi ao médico?

– Ontem de manhã.

– Candille?

– Não. Um médico do Boulevard Saint-Germain.

– Para quem você já contou?

– Para Jeanne, ontem à noite...

Há amargura em sua voz.

– Ela não me entendeu...

– O que foi que ela não entendeu?

– Que me recuso a me livrar...

Fiquei surpreso com essa atitude de minha ex-mulher.

– Ela diz que na minha idade, magra como sou, recém-saída da puberdade, corro o risco de ter um parto ruim. E depois, ela diz que essa criança será um atraso para toda a minha vida.

Nathalie me olha com intensidade, e tomo cuidado para não desviar os olhos.

– Você também acha tudo isso?

É preciso que eu responda, senão perderei sua confiança, uma confiança tão nova que ainda deve ser frágil.

– Não...

Seu rosto se ilumina.

– Você está dizendo que posso ficar com ele?

– Claro.

– E isso não vai estragar a minha vida?

– Daremos um jeito para que nada estrague.

– Como?

– Não sei ainda. Preciso refletir. Quem deu a ideia de você vir me ver?

– Hilda... Eu telefonei para ela hoje de manhã para marcar um encontro num café. Ela prometeu não dizer nada a meu pai.

– Você não quer que ele saiba?

– Agora não... Ele está entregue à mudança e vive num sonho. Não tenho o direito de...

– Qual é a opinião de Hilda?

– Ela hesita. Em alguns momentos fica do lado de Jeanne e em outros fica do meu lado. Ela veio visitá-lo ontem... Você causou uma forte impressão nela. É engraçado, ela ficou maravilhada com o apartamento. Ela acha que você continuou jovem e que tem a mente aberta...

– Você achava o contrário?

– Pode ser...

– O que você esperava, vindo aqui?

– Não sei... Na verdade, não esperava nada... Vim mais ou menos como quem se joga na água.

– Esta noite, telefonarei para sua avó.

– Nesse caso, darei um jeito de não estar em casa... A que horas?

– A que horas vocês jantam?

– Às oito e meia, às vezes às nove... Ela pode chegar tarde da redação...

– Então telefonarei às dez horas. Ela sabe que você veio me ver?

– Não... Só Hilda sabe...

– Ela não veio com você?

– Como é que você adivinhou?

– Onde ela está?

– Está me esperando num bar da Rue de Castiglione... Então, você acha mesmo que posso...

– Que você pode ter seu filho? Ora bolas!

Lágrimas começam a escorrer em seu rosto. É realmente uma criança que tenho diante de mim.

– Desculpe... É de alívio... Você vai conseguir convencer Jeanne?

– Não duvido.

– Quando devo voltar aqui?

– Daqui a dois dias, por exemplo.

– Por que dois dias?

– Porque preciso de umas informações.

– Sobre?

– Sobre a maneira de resolver o futuro...

Ela ainda hesita um pouco e acaba murmurando:

– Acredito em você...

Não posso deixar de fazer uma pergunta.

– Esse rapaz... foi o único?

Ela faz que sim com a cabeça.

– Ele é estrangeiro?

– Não, mas vive no Marrocos...

– Você não o ama?

– Eu o detesto.

Ficamos nos olhando em silêncio. Nada mais tenho a dizer. Ela também não. Ela é a primeira a se levantar e estende os braços para me dar um beijo em cada face.

– Obrigada, *daddy*. Nunca me esquecerei disso.

– Vá se encontrar com Hilda e diga a ela que também a acho muito simpática.

– Isso poderia ter acontecido com ela também. Ela fez a mesma coisa... Também foi ela quem pediu.

– Eu sei...

– Até logo, *dad*. Posso voltar depois de amanhã no mesmo horário?

– Estarei esperando.

Levo-a até o elevador e a observo desaparecer pouco a pouco. Não sei o que vou fazer. Hesito. Pergunto-me a quem devo telefonar primeiro.

Volto para minha poltrona e telefono para Candille. É sua hora de consulta. Pela manhã ele vai ao Hospital Americano de Neuilly, e quase sempre atende dois ou três pacientes. Daqui a meia hora, começarão suas visitas médicas pela região.

– Alô... Estou atrapalhando? Você está com um doente?

– Perret-Latour?

– É... Por acaso você estaria livre esta noite?

– Não para jantar...

– Eu gostaria de conversar sobre um problema importante e um tanto urgente...

– Estarei livre por volta das dez da noite, talvez um pouco mais tarde. Quer que eu passe em sua casa a essa hora?

– Por favor.

– Até a noite...

Fico ali, olhando o vazio. Revejo o rosto angustiado da minha neta e procuro uma solução para ela. Jeanne não está de todo errada. No que se refere à questão médica, não sou eu quem dá a última palavra.

Mas e quanto ao resto? É verdade que uma garota com um filho...

Dou um segundo telefonema, para Terran, meu advogado, que mora no Quai Voltaire.

– Aqui é Perret-Latour.

– Como vai você?

– Bem, obrigado. Tive medo de que você estivesse no Palácio...

– Vou tão pouco ao tribunal...

Ele é, sobretudo, um advogado de empresas e faz parte do Conselho de Administração do banco.

– Você estará livre amanhã pela manhã?

– Só até as onze horas. Às onze, tenho um compromisso na Avenue George V.

– Posso vê-lo às nove e meia?

– Com todo prazer...

Desço para o meu escritório sem convicção e dito à srta. Solange algumas cartas sem importância. Ela com certeza percebe que tento matar o tempo. Mais de uma vez me olha com curiosidade.

– A senhorita nunca teve vontade de se casar?

Não sei bem por que lhe faço essa pergunta. Ela deve ter 35 ou 36 anos.

– Não.

– Não é difícil viver sozinha?

– Eu não vivo sozinha. Moro com minha mãe.

Será que já teve amantes? Ainda os tem?

Minha irmã Josephine, em Mâcon, a mais velha de todos nós, tem 79 anos e, por toda a vida, continuou donzela. É provável que nunca tenha tido a menor aventura. É verdade que a época era outra.

Pergunto-me o que conversam Nathalie e Hilda, no barzinho da Rue de Castiglione. Conheço-o, pois às vezes paro lá para tomar um vinho do Porto.

O tempo passa. Subo. Abro o primeiro volume das *Memórias de Talleyrand*. Possuo toda uma biblioteca de memórias e correspondências. Não por acaso. No fundo, sei o que procuro nela e não me orgulho disso.

Ao descobrir as fraquezas dos grandes homens e suas pequenas covardias, temos menos vergonha de nós mesmos. E não me aborrece, confesso, saber que eles sofreram de determinada enfermidade ou de determinado mal.

Depois do jantar, volto a ler e, às dez horas, telefono para Jeanne. É ela quem atende.

– Nathalie saiu?

– Saiu. Era com ela que você queria falar?

– Não...

– Comigo? – surpreende-se ela.

Ela compreende quase no mesmo instante.

– Ela foi à sua casa?

– Sim.

– Ela contou?

– Ela me contou tudo. Parece que você a aconselha a não ter a criança.

– É a única solução, não é? Você a vê, desde os dezesseis anos, com um filho nos braços? E isso, se tudo correr bem... O que foi que você disse a ela?

– O contrário.

Ela fica sem fôlego, e há um silêncio.

– Você pensou bem?

– Ainda não encontrei a solução, mas vou encontrar.

– Foi por isso que, esta noite, ela comeu com vontade. O que eu me pergunto é a razão pela qual ela escolheu você... Isso diz respeito, antes de tudo, ao pai dela.

– Evite que ela se aborreça por esses dias.

– Nós dois precisamos conversar seriamente.

– Com prazer. Não tão depressa. Preciso de um pouco de tempo...

Minhas palavras a deixam intrigada.

– Você tem alguma ideia em men...

– Talvez... Desculpe-me por desligar... Espero alguém que acaba de chegar. Até breve.

É verdade. Candille entra no gabinete e me estende a mão. Por via das dúvidas, não sabendo o que quero com ele, subiu com sua maleta.

CAPÍTULO VI

Ele é, provavelmente, a pessoa que melhor me conhece no mundo, tanto na qualidade de médico quanto na de amigo. Sei que, desde o primeiro olhar, ele se dá conta de meu estado de espírito, e lhe fico grato por não dar a impressão de estar me observando.

– Você parece em plena forma – diz simplesmente, sentando-se em sua poltrona habitual.

Porque há muito tempo temos nossos lugares marcados no gabinete, e tive o cuidado de colocar a caixa de charutos ao seu alcance.

Ele percebe, em mim, certa excitação, como se de repente eu tomasse mais gosto pela vida. É verdade que me sinto mais jovem, mais seguro de mim, livre daquele amontoado de pensamentos amargos que me deprimem periodicamente.

Devo isso a Hilda e Nathalie. Elas acabam, uma depois da outra, de me fazer acreditar que ainda sirvo para alguma coisa, e, com isso, o apartamento está menos enorme, menos inerte, menos vazio.

– Você conhece minha neta?

– Nunca a vi. Tratei do pai dela quando não passava de um garotinho e ainda vivia aqui. É mesmo da filha de Jacques que você está falando? Se não me engano, ele perdeu a mulher...

– Depois de quatro anos de casamento... Sua filha foi criada por Jeanne, minha ex-mulher, e ainda mora com ela no Boulevard Raspail.

– Ele tem uma galeria de arte? Acredito ter visto seu nome numa fachada.

– E vai ver ainda mais, porque ele se instalará em breve no Quai des Grands-Augustins.

Sinto-me leve. Brinco. Sei que vou surpreender meu velho amigo Candille e adio o momento para fazer durar o prazer.

– Na verdade, ele vai se casar de novo, com uma jovem alemã de dezoito anos.

– Ele não está perto dos quarenta?

– Está... Minha neta adora sua futura madrasta. Você está se esquecendo de acender um charuto...

Ele hesita, depois se deixa convencer. Não ousa me perguntar se é para lhe falar de assuntos de família que lhe pedi para vir.

– Nathalie fará dezesseis anos em março. Ou talvez seja no final de fevereiro. Sempre me confundo com as datas de nascimento...

Ele não diz nada, aspira seu charuto.

– Ela veio aqui, essa tarde, me dizer que está grávida.

Ele não estremece. Nem por isso deixo de perceber um pequeno choque.

– É para falar a respeito dela que pedi que você viesse.

– O que ela pretende fazer?

– Ter a criança, é claro. No fundo, ela está muito orgulhosa...

– Ela já foi a um médico?

– Foi, em algum lugar no Boulevard Saint-Germain. Não pensei em perguntar o nome.

– Em geral, ela tem boa saúde?

– Ela é um fiapo de tão magra e faz o possível para manter os nervos à flor da pele.

Ele não deixa de se surpreender um pouco com o fato de eu falar essas coisas num tom ameno.

– Digamos que se trata de uma adolescente decidida a levar a vida de uma mulher. Em dois anos, mudou de penteado umas três ou quatro vezes. Passa horas escolhendo novas maquiagens: em alguns dias suas pálpebras são verdes, em outros marrons ou então de um branco cintilante...

"– Dormir, para ela, significa perder tempo e Nathalie só se conforma quando cai literalmente na cama. Foi expulsa do liceu e depois de uma escola que tem fama de não ser muito rigorosa... Espera fazer os dezesseis anos regulamentares para sair de um terceiro colégio e entrar para Belas-Artes."

Parece que tudo isso me encanta, e sou o primeiro a me surpreender.

– Ela passa as noites e boa parte das madrugadas nos bares e boates de Saint-Germain-des-Près.

– A avó...

– A avó não consegue fazer nada. Se alguém a impedisse de fazer o que bem entende, acho que Nathalie iria embora, e só Deus sabe onde a encontraríamos...

– E ela resiste a essa vida?

– É exatamente isso o que me faz pensar que ela tem um interior mais sólido do que parece.

– A primeira coisa a se fazer é encaminhá-la para um bom ginecologista...

– Você acha que ela é jovem demais?

– Não dou importância alguma para a idade. Conheci meninas de treze anos, e até uma de doze, que deram à luz crianças perfeitamente constituídas...

Ele reflete, tira um caderninho do bolso, um caderninho comum, de capa preta encerada, como os que se usam na cozinha.

– Estou procurando o número. É um velho colega, Pierre Jorissen, hoje um dos melhores ginecologistas de Paris. Ele mora no Boulevard Haussmann... Pronto! Número 112. Ele é tão ocupado que é melhor eu telefonar... Você permite? Acho que ele ainda não se deitou.

Candille liga e continua de pé, o fone no ouvido

– Alô, Pierre? Aqui é Alain. Você anda muito ocupado esses dias? Como sempre, sei... Escute... estou telefonando da casa de um amigo. A neta dele, que ainda não fez dezesseis anos, acaba de lhe dizer que está grávida... Não sei... Não... Ela não tem qualquer intenção de renunciar à criança...

"– É uma decisão médica a ser tomada depois que você tiver examinado ela... O quanto antes, é... Nesses casos, a espera é um tanto complicada... Meio-dia?"

Ele se vira para mim.

– Amanhã ao meio-dia?

– Com certeza.

– Tudo bem. Ela se chama Nathalie... Prefiro que o sobrenome não apareça nas suas fichas... É a neta de Perret-Latour... É, o banqueiro. Obrigado, meu velho. Dê um beijo na sua mulher por mim.

Ele volta ao seu lugar.

– Amanhã saberemos do que se trata... Como fica o problema do pai?

– Ela não quer ouvir falar de pai. Até onde sei, guardou más recordações do rapaz e faz questão que a criança seja dela, só dela...

Ele fuma, pensativo.

– Isso cria problemas, não?

– Tenho hora marcada, amanhã pela manhã, com Paul Terran para estudar o ponto de vista jurídico.

– Não vejo muitas soluções... Ou o pai reconhece a criança e dá o sobrenome para ela, casando-se ou não com a sua neta, ou é declarado desconhecido...

– Pensei em outra coisa...

– Em quê?

– Prefiro não falar disso ainda. Eu gostaria apenas de saber quais são as obrigações legais de um médico que acompanha um parto... O pai, em geral, vai ao cartório declarar a criança?

– O médico, por sua vez, preenche um atestado que encaminha ao órgão competente.

– É obrigatório?

– Com certeza. Nas maternidades, clínicas e hospitais, a administração se encarrega de preencher o papel, e o médico se contenta em assinar.

– E se ele não assinasse?

– Seria muito grave, tão grave que é impensável...

Minhas perguntas o inquietam, e suas grossas sobrancelhas se aproximam.

– No que me diz respeito, não conheço nenhum médico que aceitaria se colocar numa situação dessas.

Não insisto. É preciso, primeiro, conversar com Terran.

– E sua ex-mulher, o que diz disso?

– Tinha certeza absoluta de que Nathalie se livraria da criança. Ela considera que todo o futuro da neta está em jogo.

– Compreendo...

Ele também pesa os prós e os contras.

– E seu filho Jacques? É o pai dela, afinal...

– Ainda não sabe... Nathalie não quer estragar seu

casamento nem sua mudança para o Quai des Grands-Augustins.

– Ouça... Amanhã, por volta de uma hora, telefonarei a Jorissen. Ligarei para você logo depois para contar o que soube.

Ele olha para o relógio, se levanta.

– É hora de ir dormir. Eu acordo às seis horas.

Pega com resignação sua pesada maleta e se dirige para o hall de entrada. Sigo-o e aperto o botão do elevador.

– Obrigado, Candille.

– Eu faço o que posso...

Admiro-o por conservar essa serenidade. Ele só vê o lado mais feio da vida, leva uma vida de condenado e, ao ir para casa, se vê sozinho.

Jamais o ouvi se queixar. Jamais o vi desanimado.

De volta ao gabinete, telefono para a casa de Jeanne. É ela quem atende. Parece surpresa ao reconhecer minha voz.

– Alguma novidade? Por que você ligou?

– Gostaria de falar com Nathalie...

– Vocês dois andam de segredinhos agora?

Ela não ficou satisfeita com a visita da nossa neta. Ela a criou. Para ela, é sua neta.

– Vou ver se ela já voltou... Sei que, ainda agora, ela saiu, mas acho que ouvi a porta.

Seus passos se afastam, sua voz distante chama:

– Nathalie, Nathalie... É seu avô que quer falar com você...

Ela volta ao aparelho.

– O que você vai dizer não vai aborrecê-la, espero...

– Pelo contrário.

– Não gosto desses mistérios. O caso é grave o bastante para que nós dois falemos seriamente a respeito...

– Faremos isso um pouco mais tarde.

– Não faz o seu gênero.

– Alô, *daddy*...

É Nathalie.

– Você falou com seu médico?

– Ele acaba de sair. Para ele, sua idade não tem importância alguma.

– Eu disse...

– Ele conheceu garotinhas de treze anos que deram à luz bebês perfeitamente normais.

Ela deve se virar para a avó, e ouço-a repetir quase palavra por palavra o que acabo de dizer.

– É sobretudo uma questão de saúde – digo.

– Você sabe quantos cigarros eu fumei hoje? Quatro... Amanhã, dois. Eu me obrigo a comer o dobro do que como em geral e faço questão de ficar em forma, você entende...

– Entendo. Você tem lápis e papel?

– Só um pouco...

Passo-lhe o endereço de Jorissen.

– É um amigo de Candille, o meu médico. Você pode ter confiança total nele, pois é um dos melhores obstetras de Paris. Ele espera você amanhã ao meio-dia.

– Para quê, se já fui a um médico?

– É o que se faz, meu bem... Ele vai examinar você, fazer algumas perguntas.

– Ele não vai...

– Ele não tem sequer o direito de propor...

– Mesmo assim eu tenho medo...

– Quer que eu vá com você?

Eu não teria pensado, quinze dias atrás, que poderia tomar essa atitude. Eles haviam, de algum modo, me isolado. Estava sozinho em minha torre, neste apartamento onde me esforço para aproveitar o que me resta. Eles mal se lembravam da minha existência. E eis que...

– Quando teremos a resposta?

– Que resposta?

– Quando vamos saber se tudo vai bem?

– Imagino que ele dirá a você. Depois ele vai telefonar a Candille, que me dará os detalhes.

– Então você me telefona?

– Telefono.

– Promete?

– Prometo.

– Espere! Jeanne está fazendo sinais enormes para me explicar que quer falar com você. Boa noite, *dad*, e obrigada. Um beijo grande. Confie em mim. Prometo que vou engordar.

– Alô...

É a voz de Jeanne.

– Imagino que você se dê conta do que está fazendo.

– Com certeza.

– Você já pensou bem que está dando a corda toda a ela, e que não será mais possível voltar atrás?

– A não ser que existam problemas médicos graves...

– Existem outras razões além dos problemas médicos.

– Mas não é você quem assina o consultório sentimental na sua revista...

Eu a deixo sem graça. Não faço de propósito. Levo esse assunto tão a sério que estou quase tão nervoso quanto Nathalie.

– Espero que você não venha a se lamentar de ter tomado essa posição – suspira Jeanne, antes de desligar. – Boa noite!

Nunca entendi tão bem as palavras “reações em cadeia”. Tudo começou com uma carta escrita numa cama de hospital e com a obrigação, de minha parte, de mergulhar fundo no passado.

Depois houve Jacques, seu casamento em breve, aquela moça maravilhosa que veio me ver como se quisesse se apresentar sozinha para o chefe da tribo.

Começo a existir. Nathalie, por sua vez, subiu até o meu apartamento para me fazer confidências e me pedir ajuda.

Tudo acontece ao mesmo tempo. Não ficaria surpreso por ver Jean-Luc bater na minha porta, o que acontece, no máximo, uma vez por ano.

E eis que outra surpresa me espera no meu quarto. Sei, ao entrar, que vou encontrar lá a sra. Daven. O que me surpreende é seu rosto, mais frio, mais inexpressivo do que de costume, e meu primeiro pensamento é que ela me dirá que vai embora.

A razão, não sei. Não há nenhuma dúvida de que ela tomou uma decisão, uma decisão difícil.

– A senhora recebeu más notícias da sua família?

– Há muito tempo não tenho família.

– Algum problema com sua saúde?

– Não. Eu preferiria que o senhor me deixasse falar...

– Diga-me primeiro se está feliz aqui.

– Talvez demais...

Ela se desculpa com um vago sorriso que a rejuvenesce.

– Criei hábitos...

– Eu também...

– Não é a mesma coisa, o senhor está em casa...

– A senhora também está em casa. Eu me pergunto o que faria se a senhora não estivesse aqui para cuidar de mim. Estou ficando tão preguiçoso que nem mesmo me dispo sozinho.

Ela não me olha. Fita o tapete. Estamos os dois de pé, e devemos parecer ridículos e afetados.

– A senhora se incomodaria de se sentar?

Ela olha com hesitação para uma das duas poltronas enquanto me acomodo na outra.

– A senhora tem medo de mim?

Ela compreende no mesmo instante minha alusão. Ela tem antenas. Com certeza não imagina a verdadeira razão pela qual nunca tentei ter relações mais íntimas com ela. É quase uma questão de vaidade. Não quero lhe impor meu corpo velho e receio que apenas esse pensamento me impeça de atingir meus objetivos.

– O senhor nunca me pediu documentos. Quando vim me apresentar, tremia de medo de que o senhor falasse nisso...

Sorri, divertido.

– A senhora não tem documentos?

– Não.

– Nem carteira de trabalho?

– Nada. O senhor confiou em mim. O senhor continua a confiar, a me deixar ocupar lugar demais... É por isso que precisa saber... O senhor tem ideia de onde eu vinha quando a agência me mandou para cá?

– Isso nunca me preocupou.

– Eu vinha de Haguenau, a prisão para mulheres que ainda existia naquela época... Passei dez anos lá.

Faço um esforço para não deixar transparecer nenhuma perturbação, mas estou perplexo.

– Por que foi condenada?

– Por ter atirado num homem...

– Seu amante?

– Meu marido.

– Por ciúmes?

– Eu tinha 22 anos quando o encontrei.

– Em Paris?

– Eu nasci e fui criada em Auteuil.

"– Meu pai era arquiteto... Na Sorbonne, estudei Letras e Sociologia, o que hoje se chama de Ciências Humanas.

"– Conheci o irmão de uma amiga. No começo, saímos os três... Depois não levamos mais a minha amiga e aconteceu o que devia acontecer."

– Que idade ele tinha?

– Trinta anos.

– Que profissão?

– O pai dele tem uma fábrica de pneus, e Maurice trabalhava em uma de suas oficinas. Nós nos casamos...

– A senhora estava grávida?

– Não. Imagino que não posso ter filhos, porque não fiz nada para evitar...

"– Nem dois anos tinham se passado, e meu marido me deixava cada vez mais sozinha à noite.

"– Eu o segui. Ele se encontrava com uma mulher, ora num restaurante, ora na casa dela, perto da Porte Dauphine... Foi então que arrumei um revólver."

– Como? A venda não é rigorosamente controlada?

– Eu sabia que meu pai guardava um na gaveta da sua mesa de cabeceira. Estava lá há anos. Precisei fazer uma cena sem tamanho para entrar sozinha no quarto dele e esconder a arma na minha bolsa. Foi por isso que me recusaram as circunstâncias atenuantes e os jurados decidiram pela premeditação.

Surpreendo-me visivelmente. Retruco:

– Mas claro, se a senhora conseguiu um revólver.

– Está vendo? O senhor também não compreende. Era um desafio que eu me lançava. Eu tinha vergonha de sentir ciúmes e de estragar minha vida por causa de uma mulher que meu marido talvez não visse mais dentro de algum meses.

Ela é, sem dúvida, sincera.

– Às vezes, me dizia à meia-voz: "Vou matar os dois". Mas eu sabia que nunca isso...

– E no entanto, a senhora fez...

– Não atirei nela. Uma noite, em que eu deveria voltar tarde, perdi um compromisso e me vi em casa bem mais cedo. Fiquei surpresa, do lado de fora, por ver a luz acesa no quarto de dormir. Subi, abri a porta sem barulho. Ouvi a voz de uma mulher e a do meu marido. Os dois falavam de mim e aquilo os fazia rir...

"– Fui buscar o revólver, escondido sob os lençóis, no armário da roupa de cama.

"– O que posso afirmar é que as coisas não acontecem do modo como são depois contadas nos debates no tribunal. Eu estava aparentemente fria e lúcida, mas agia mecanicamente, sem qualquer controle sobre mim mesma... Meu advogado também não acreditou em mim.

"– Os dois estavam nus na nossa cama, na minha cama. Eles, primeiramente, ficaram surpresos, inquietos. Meu marido acabou sorrindo, um sorriso contrafeito, e me disse:

"– Então, Juliette, você também vem?

"– Atirei, uma vez só... Vi uma mancha de sangue se desenhar perto do ombro dele. A mulher começou a gritar como uma histérica e eu saí de lá. Dez minutos depois, eu parava meu carro na frente de uma Delegacia de Polícia."

*

Mesmo sem querer, olho para ela com curiosidade porque há muito tempo sua calma me intriga e me pergunto onde e como ela conseguiu aquela serenidade. Ela se engana com meu olhar e murmura sem que se perceba censura em sua voz:

– O senhor também acha que sou cínica?

– Pelo contrário. Afinal conheço a razão de sua sensatez.

– No entanto minha atitude foi considerada revoltante no tribunal. Os jornais falaram de meu ar satisfeito, outros comentaram minha indiferença. Na verdade, eu estava petrificada por todo aquele espetáculo, ao mesmo tempo ridículo e solene, no qual mesmo a menor parcela da verdade era deformada.

– Seu marido morreu?

– Não. Quase. Conseguiram fazer uma transfusão a tempo. Ele ficou com a cabeça um pouco torta e perdeu o uso do braço direito.

– A senhora lamenta ter atirado?

– Sem dúvida...

Ela hesita, olha-me nos olhos.

– No fundo, não sei. Naquela época, eu acreditava que duas pessoas...

– Sempre acreditamos. Eu me casei três vezes e em todas acreditei...

– Eu sei.

– Com isso aprendi a não ter mais ilusões...

– Eu perdi as minhas...

De repente sorrimos ao mesmo tempo o mesmo sorriso.

– Um ano depois da minha ida para Haguenau ele pediu e conseguiu o divórcio. Imagino que tenha se casado outra vez. Não me interessa...

Tenho vontade de explicar para ela o que senti depois dos meus três divórcios, o que ainda hoje sinto quando Jeanne vem me visitar, mas seria longo demais e penso que não lhe diria nada de novo. Há tanto tempo ela me observa que acaba me adivinhando.

Somos um pouco, um diante do outro, como dois cúmplices. Ela está vestida com seu uniforme, seu avental. Do bolso, tira mecanicamente um maço de cigarros e de repente se dá conta do seu gesto.

– Peço que me desculpe...

– Ora, por favor... Eu nunca a vi fumar.

– Porque eu só fumo no meu quarto. Não o choquei?

– Não.

– O senhor não está zangado comigo por ter ficado tanto tempo sem lhe dizer nada?

– Nada teria sido diferente...

– Durante todo esse tempo, me considerei uma trapaceira... Em Haguenau, costurei sacos por três anos. A diretora me detestava, como detestava todas as que tinham alguma instrução. Foi preciso que o médico prestasse atenção em mim e me mandasse trabalhar na enfermaria.

"– Foi assim que adquiri alguns conhecimentos médicos. De qualquer modo, aprendi mais sobre os seres humanos em Haguenau do que na Sorbonne..."

– Parece que a senhora não lamenta os anos passados lá...

– Não lamento mais.

Ela se levantou, hesitante, sorriu. Apagou então o cigarro e retomou seu tom de voz habitual.

– Está na hora de o senhor ir para a cama...

Não tivemos contato físico. Ela arrumava minhas roupas e eu me dedicava, sem pressa, a meus cuidados noturnos. Deitei-me.

– A que horas, amanhã pela manhã?

– Como sempre.

Isso quer dizer seis e meia.

– Boa noite, senhor.

– Boa noite, sra. Daven.

Ela ainda queria me dizer alguma coisa.

Foi difícil. Eu a sentia a ponto de desistir. Ainda assim ela conseguiu pronunciar, numa voz que mal se ouvia:

– Aqui, eu sou feliz...

O tempo de apertar o comutador, e ela havia desaparecido.

*

Há meses não via Paul Terran. Chego em sua casa às nove e meia em ponto, e sua secretária me introduz de imediato em seu gabinete.

Fizemos juntos o curso de Direito. Ele tem a minha idade e muito mais peso. Já era gordinho nos tempos da universidade.

Ele se levanta, mão estendida, grande sorriso nos lábios.

– Como vai você?

– E você?

– Vejamos se, desde a última vez, você não se estragou demais...

É uma brincadeira que fazemos quando nos encontramos. Um inspeciona o outro, perguntando-se se o outro envelheceu mais do que ele próprio. Entre Terran e eu, isso é feito francamente, com humor.

– Você conserva a elegância... Na minha opinião, está um pouco magro demais.

– Você parece muito mais moço do que eu.

– Porque sou gordo. Um dia desses não conseguirei mais levantar da minha poltrona, que está ficando estreita demais para o meu traseiro... Sente-se.

Com seus olhos zombeteiros e seu ar desleixado, ele não deixa de ser o advogado-consultor das empresas mais importantes, e pouca gente conhece como ele a legislação das sociedades e os meios de se servir dela.

– O que há de errado?

– Nada. A não ser minha primeira mulher, Pat, que está num hospital de Nova York, de onde tem poucas chances de sair, e nosso filho Donald que, sem razão aparente, enforcou-se em sua oficina.

Continuo bem depressa:

– Não foi disso que vim falar com você. Minhas aulas de Direito estão bem longe e não guardei muita coisa. Suponhamos o nascimento de uma criança...

– Legítima?

– De uma criança, só isso... Em geral, ela é reconhecida pelo pai e pela mãe.

– É o costume... Embora o pai, não sendo casado com a mãe, possa perfeitamente não reconhecê-la. Existem milhares de crianças nascidas de pai desconhecido, de acordo com a fórmula adotada pelo registro público.

– Estamos perto. Poderia haver crianças de mãe desconhecida?

Ele me olha, surpreso.

– Uma criança deve sair do ventre de uma mulher, não?

– E se essa mulher a desse ao pai e o pai a reconhecesse com a observação: "mãe desconhecida"?

Minha ideia o deixa a tal ponto perplexo que ele puxa o Código Civil e encontra na mesma hora a página certa, na condição de homem que o consulta todos os dias.

– Ouça isto:

"*Artigo 334 – O reconhecimento de um filho natural será feito por ato autêntico quando não o foi em sua certidão de nascimento.*"

– Isso não significa que esse reconhecimento deva ser feito pelo pai e pela mãe...

– Um instante. Eis o artigo 336:

"*O reconhecimento do pai, sem a indicação e a confissão da mãe, só tem efeito em relação ao pai.*"

"– E o artigo 339 determina:

"*Todo reconhecimento por parte do pai ou da mãe, assim como toda reclamação por parte do filho, poderá ser contestada por todos aqueles que são afetados...*"

– Você disse bem: do pai *ou* da mãe...

– Não se trata da certidão de nascimento, mas de um reconhecimento posterior. No cartório, o nome da mãe será necessariamente inscrito, embora possa ser confidencial.

– Você tem certeza?

– Infelizmente, tenho... Aliás, o médico obstetra, ou a parteira, tem a obrigação formal de declarar todos os partos dos quais participaram...

– Supondo que encontre um médico pouco escrupuloso.

– Foi você quem se meteu em encrencas?

– É minha neta. Ela tem dezesseis anos e me informou ontem que está grávida e que detesta o homem que lhe fez isso.

Paul coça seu crânio calvo, com apenas um pouco de cabelos grisalhos acima das orelhas.

– Suas perguntas começam a fazer sentido.

– Ela quer ficar com a criança.

– Isso é simpático.

– Eu a encorajo. Ao mesmo tempo me dou conta de que, se ela apresentar esse filho como seu, ela corre o risco de mais tarde arrumar complicações. Na Suécia, não haveria problemas. O número de mocinhas com filhos é grande e elas são tão respeitadas quanto as mulheres casadas.

– Estamos na França. Deixe-me refletir... Só vejo um caso em que a adoção apenas pelo pai possa ser feita sem dificuldades: o de uma criança encontrada. Aí, não há parteiras ou médicos envolvidos...

– Você está falando de uma criança colocada na soleira da porta, como nos velhos romances populares?

– Por que não? Veja bem que, se estudarmos atentamente o artigo 336, parece possível que o cartório registre uma simples declaração do pai, sem fazer menção à mãe. Acredito que esse registro não seria recusado, mas é provável que sejam feitas pesquisas para garantir que não se trate de um sequestro.

Enquanto estamos assim discutindo os aspectos legais, minha pobre Nathalie deve contar os minutos que a separam da sua consulta com o dr. Jorissen.

– Se não fosse o médico... Você falou de um médico sem escrúpulos. Deve existir algum que aceite, já que existem aqueles que conseguem drogas para alguns clientes. Toda profissão tem suas ovelhas negras. Eu, pessoalmente, não confiaria...

– Agradeço.

– Vou continuar pensando... Se tiver alguma ideia, telefonarei.

Levanto-me e estendo a mão.

– Até algum dia.

– Ou daqui a seis meses, como da última vez. Não vou com você até a porta.

Ele me faz um gesto com a mão gorducha, e fico grato por não ter me feito perguntas mais precisas. Sobretudo, por não perguntar quem faria o papel de pai.

Tenho tempo para passar no clube. Abrevio a sessão de ginástica, mesmo assim René me massageia como de costume e passo uns bons minutos na piscina.

Desde o meio-dia estou em casa, à espera de uma ligação. O telefone só toca quando faltam quinze minutos para uma hora. É Nathalie.

– É fantástico, o seu médico...

– Ele achou que você serve para o serviço?

– Sou perfeitamente capaz de colocar uma criança no mundo sem correr qualquer risco e sem que ela corra também... Você o conhece?

– Não. Foi Candille quem o recomendou...

– Você iria gostar dele na mesma hora. Ele tem bons olhos doces escondidos atrás de lentes grossas. Agora vou avisar vovó e, esta tarde, tentarei encontrar Hilda sozinha...

Não lhe falo do assunto que tratei com Terran. Para ela, ter um filho é algo perfeitamente natural e ela não desconfia das complicações que podem estar implicadas.

– Obrigada de novo, *daddy*. Você não pode imaginar o quanto estou feliz. Só tenho medo de que Jeanne não fique tão contente quanto eu...

Espero a ligação de Candille, que não tarda.

– Sua neta já telefonou?

– Parece que Jorissen a considerou em perfeito estado...

– É verdade. Contanto que ela se acalme um pouco e que, nos próximos meses, não abuse de sua resistência nervosa.

– Estive com Terran...

– O que ele diz?

– Mais ou menos a mesma coisa que você. Legalmente as coisas não seriam lá muito difíceis. É o problema do médico que complica tudo.

– É difícil um obstetra fingir que não conhece a mulher de quem fez o parto.

– Eu queria perguntar para você se, no caso de uma parteira...

– Já entendi. Pensei nisso... Estarei preso a tarde toda. Você estará em casa a partir das seis horas?

– Estarei à sua espera.

– Você me obriga a fazer um papel estranho. Não se esqueça de que não sei de coisa alguma, de que não tenho nada a ver com essa história.

Há muito tempo não estou tão excitado, tão impaciente. Não me lembro do que comi no almoço. A sra. Daven ficou impressionada com a minha agitação, e preferi contar para que ela não entendesse errado:

– Em breve, talvez terei uma grande novidade a respeito da minha neta.

– Ela vai se casar?

E respondo, não sem alguma sinceridade:

– Melhor do que isso...

Não durmo durante a sesta. Passo o tempo a virar e revirar o problema na cabeça. Tento ajustar os mínimos detalhes.

Depois, leio os jornais sem nada reter. Por fim, ouço os passos de Candille que, desta vez, deixou sua maleta no carro.

– Sirva-me um uísque fraco. Acho que preciso...

Deixa-se cair na poltrona e passa o lenço na testa.

– Você tem confiança em sua neta?

Estendo-lhe o copo e me sirvo de um pouco de vinho do Porto.

– Em que sentido?

– Ela não vai contar a todo mundo o que está lhe acontecendo?

– Tenho certeza de que se dissermos para ficar calada, ela ficará.

– É a única coisa que me dá um pouco de medo.

Ele está realmente preocupado. Percebo que tomou a coisa a peito.

– Jorissen afirma que ela lhe causou excelente impressão, e a achou muito madura para a idade que tem.

– Minha neta está entusiasmada e agora só confia nele.

– Infelizmente, é melhor que ela não vá mais vê-lo. As secretárias são discretas, mas há os vizinhos, a zeladora... Dentro de um ou dois meses seu estado se tornará mais visível, e uma jovem como ela não passa despercebida...

– Mas ela não será examinada regularmente?

– Sem dúvida. E caso seja necessário, o que é improvável, Jorissen a visitará...

– Não compreendo bem como se passarão as coisas. Você parece ter encontrado a solução, mas não vejo qual é.

– Pelo pouco que você me disse nessa manhã ao telefone, imaginei que tivéssemos tido a mesma ideia.

– A parteira?

– Se você concordar, essa é uma palavra que riscaremos por algum tempo do nosso vocabulário. Do de sua neta também, e do de sua ex-mulher, sem falar no da jovem alemã que vai se casar com seu filho Jacques. Você é conhecido demais para que não sejam tomadas todas as precauções...

Sirvo-me de um segundo copo de vinho do Porto, por nervosismo, e meu bom Candille aceita outro uísque.

– Só tenho mais um doente para ver, uma velha senhora que se acha doente e que enterrará todos nós. Continuando, você ainda tem aquela mansão nos arredores de Deauville?

– Acho que sim. Há anos não vamos mais lá... Num dado momento, coloquei a mansão à venda, mas ninguém quis pagar o preço que pedi. Talvez tenha colocado esse preço alto demais de propósito, porque sinto certa repugnância de me separar do que fez parte da minha vida.

Tive a prova disso ao ler a carta de Pat. Fiquei com o coração tão apertado como se me tivesse separado dela na véspera.

– Deauville faz parte do seu plano?

– Em que dia cai a Páscoa, no ano que vem?

– Não faço ideia. Acredito que seja em abril...

– Quanto mais tarde em abril, melhor. De acordo com Jorissen, é mais ou menos no início desse mês que Nathalie deverá dar à luz.

A expressão me atinge, de repente. Até esse momento, tudo estava no terreno da teoria. Agora revejo diante de mim o rosto devastado da minha neta, como ontem, e começo a duvidar da realidade do que está acontecendo.

Repito, sem olhar para lugar algum:

– Início de abril...

CAPÍTULO VII

Devemos parecer, Candille e eu, afundados em nossas poltronas, dois velhos conspiradores. O médico fala baixo, ele que em geral tem a voz ressoante, e me surpreendo a imitá-lo.

– Até onde se pode julgar, de acordo com Jorissen, seu estado começará a ser visível daqui a um mês...

Quanto mais detalhes ele dá, mais tudo me parece irreal.

– É nesse momento que ela deve partir... Há caseiros na mansão?

– Havia um velho jardineiro e sua mulher. O jardineiro está morto e a mulher foi viver com uma de suas filhas, para os lados de Fecamp...

– Vizinhos próximos?

– O parque é bem grande, as árvores e os arbustos são frondosos. Tudo está abandonado há anos, e as paredes devem estar cobertas de umidade.

– A partir do momento em que a casa estiver habitável...

Ele termina o segundo copo resmungando:

– Não gosto nem um pouco do que estou fazendo e fiquei ainda menos à vontade quando fui a Ivry.

– Fazer o quê em Ivry?

– Encontrar uma mulher, a sra. Clamard. Ela não é criança, e a conheço há mais de trinta anos. Ela trabalhava na maternidade e era uma das melhores parteiras. Um dia, ela se permitiu ter compaixão, e isso lhe custou caro...

– Podemos confiar nela?

– Por ela eu respondo... Ela tem uns sessenta anos e continua alerta, com belos cabelos brancos. Dará uma governanta perfeita...

"– Acho que seria bom, antes de tudo, você verificar se a casa está em condições. Fique por lá alguns dias, para que as pessoas do lugar se acostumem a ver as janelas abertas, um carro ir e vir...

"– Depois sua neta irá se instalar lá com a sra. Clamard e passará cinco meses esperando quietinha, sem aparecer."

É mais complicado do que eu havia previsto. Será preciso também explicar a ausência de Nathalie. Eu poderia, por exemplo, lhe ter oferecido uma viagem aos Estados Unidos.

– É claro – rosna Candille –, a sra. Clamard fará as compras e a comida. Ela tem um carrinho.

– E depois?

– Quando ela lhe trouxer o bebê, ele terá uns dez dias e o resto não me dirá mais respeito... É trabalho para o seu amigo Terran... A primeira solução é o registro no cartório. Recusando-se a fornecer o nome da mãe, quem será o pai?

Sinto-me intimidado. Tenho medo de que o que vou dizer pareça grotesco. Murmuro:

– Eu...

Candille não fica surpreso. Tenho a impressão de que esperava por isso. Ele me olha sacudindo a cabeça, e acrescento depressa:

– Faço questão de que a criança tenha nosso nome.

– Bem, pouco importa... Portanto você vai registrá-la no cartório e explicará como puder que está indo declarar uma criança que já tem dez dias.

"– A outra solução, eu já mencionei, é aquela que você qualificou de romance popular de má qualidade: um bebê encontrado na soleira de sua porta e que você deseja adotar. A polícia fará uma rápida investigação para encontrar a mãe, mas não insistirá muito."

Gosto menos da ideia da adoção. Preferiria que não houvesse diferença entre essa criança e o resto da família.

– Converse a respeito com Terran. É ele quem vai decidir...

Ele olha para a garrafa e lhe sirvo um terceiro uísque. É a primeira vez que o vejo beber tanto.

Quando sai, seu rosto está um pouco vermelho. Telefono na mesma hora para Jeanne, mas ela não chegou. É a voz de Nathalie que ouço.

– Você tem novidades, *daddy*?

– Acho que... Tenho sim.

– Posso ver você agora mesmo?

– Se você quiser.

São sete horas. Uma das noites mais estranhas da minha vida começa sem que eu desconfie.

Aviso a sra. Daven:

– É provável que me atrase para jantar, a não ser que minha neta queira comer comigo.

– Muito bem, senhor.

Sorrio, pois ela parece inquieta.

– Vou lhe contar tudo ainda esta noite. Não tem a ver com a senhora e comigo. Acho que a novidade vai deixar você contente...

Nathalie chega, os olhos maiores do que o rosto.

– Então? O que vai acontecer?

– Daqui a três semanas ou um mês, quando o seu corpo estará mudado de uma forma muito visível, você vai se instalar na mansão de Deauville com uma governanta.

– Que governanta?

– Alguém que você não conhece, é uma senhora de certa idade que é uma excelente parteira.

Ela franze a testa, inquieta, e me olha como se eu já a tivesse traído.

– Você tinha me prometido...

– Eu prometi que a criança iria nascer, e essa mulher poderá ajudar a trazê-la ao mundo.

– Por que em Deauville? Não me lembro da mansão... Jeanne me falou sobre ela e acha que é um barraco velho.

– Você não ficará lá por muito tempo. Cinco meses passam depressa...

– Mas por quê?

– Porque a criança não será registrada com o seu nome...

Ela explode, levanta, começa a fazer afirmações, alto, de um jeito volúvel.

– Eu bem sabia que estava tudo bonito demais e que você não podia ter mudado assim de um dia para o outro. Estou descobrindo que você e Jeanne estavam o tempo todo combinados...

Ela fala, fala, os olhos duros, o andar raivoso. Espero o fim da tempestade.

– Quantos anos você tem, minha neta?

– Bem, dezesseis anos, daqui a pouco. E daí? O doutor disse...

– Não se trata do doutor, trata-se da sua vida. É provável que um dia você vá amar um homem...

Com cara de alguém que tem uma vasta experiência, ela retruca, amarga:

– Não será amanhã.

– Você não sabe o que a vida reserva. É bem provável que seu marido, ou seu amante, não goste de viver com o filho de outro.

– O que você quer fazer do bebê? Dar, como um cachorrinho?

Estou surpreso por sentir tanta defesa nela, se não for agressividade.

– A sua criança... Ia dizer seu filho, mas talvez seja uma menina...

– Não... Eu sei que será menino. É um menino que eu quero.

– Bem... O seu filho, então, levará nosso nome e terá os mesmos direitos que os outros membros da família.

– Não vejo como...

– Porque ele será oficialmente registrado como um Perret-Latour.

– Então por que me esconder?

– Porque você não será mencionada...

– Quem vai reconhecê-lo?

Não sei se enrubesço. É provável. O momento é difícil.

– Eu...

Para algumas coisas, ela mostra a idade que tem. Ela, que estava tão furiosa um pouco antes, está agora a ponto de estourar de riso. Ela se contém, não sem me olhar com perplexidade.

– Você declararia que é o pai do...

– Por que não? Muitos homens da minha idade, e mesmo mais velhos, tiveram filhos. Ninguém pode me obrigar a revelar o nome da mãe.

– De modo que ele se tornaria meu tio?

Ela não me leva a sério:

– É idiota, não é? Fico me perguntando quem foi que botou na sua cabeça uma ideia tão esdrúxula...

– Conversei a respeito com o meu advogado e ele não achou engraçado.

– Por que não meu pai?

– Seu pai vai se casar. Não acredito que Hilda fosse gostar da ideia de se casar com um homem que já traz um bebê prontinho...

– Você já contou?

– A quem?

– Ao meu pai...

– Ainda não...

– Ele não sabe que estou grávida?

– Em todo caso, não por mim...

– A criança viveria onde?

– Aqui, no antigo quarto da sua avó, que mandarei transformar. Contratarei a melhor babá possível, e você verá a criança quantas vezes quiser. No verão, poderá levá-la para o campo ou para a praia...

Ela está um pouco mais calma, embora ainda não convencida.

– Por que você está fazendo tudo isso, se nunca cuidou de mim?

– Você veio me ver muitas vezes?

– Não, confesso que não. Eu tinha medo de perturbar.

– E seu pai?

– Ele também não vem?

– Uma ou duas vezes por ano, como Jeanne, como Jean-Luc. Os meus netos da América não se deram nem mesmo ao trabalho de me dizer que existiam.

Ela abaixa a cabeça, chocada com essa descoberta.

– Eu não imaginava...

Ela ainda contesta:

– Isso vai mudar a sua vida toda...

Prefiro não responder.

– Você acha que isso vai dar mesmo certo? E no dia em que eu quiser ter meu filho de volta, você promete que me entrega?

– Prometo...

– Você vai falar com Jeanne?

– Espero vê-la esta noite...

– E com meu pai?

– Vou telefonar para ele.

– Prefiro não estar aqui quando eles vierem.

Nós nos levantamos. Estendo-lhe a mão.

– Estamos combinados?

– Primeiro é preciso saber o que eles vão dizer...

Contento-me em jantar dois ovos quentes. Não tenho fome. Jeanne é a primeira a chegar, por volta de nove horas da noite, e indico-lhe a poltrona que Nathalie havia ocupado.

– O que está acontecendo? Você está com um ar solene que não me diz boa coisa. Quanto à Nathalie, ela me deu um beijinho rápido e foi se trancar no quarto sem comer.

– Ela contou que foi ver um obstetra de primeira linha?

– Começo a me perguntar por que você se interessa tanto...

Não tenho nada a responder. Nem eu sei.

– Ela é perfeitamente capaz de dar à luz uma criança sem correr riscos maiores do que qualquer outra mulher.

– Uma criança sem pai... Excelente começo de vida para uma adolescente, você não acha?

Estou paciente. Poucas vezes fui tão paciente quanto nesta noite.

É nesse momento que batem à porta, e logo vejo entrar Jacques e Hilda.

– Viemos cedo demais? – pergunta Jacques, olhando para cada um de nós.

Só Hilda está sorridente, com um sorriso um pouco misterioso. É provável que Nathalie tenha tido tempo de lhe telefonar.

– Sentem-se, meus filhos. O que posso lhes oferecer?

Jacques escolhe um conhaque, Jeanne também, e toco a campainha para mandar trazer da cozinha um suco de frutas.

– Hilda não falou com você, Jacques?

– A respeito de quê?

– Da sua filha...

– O que há com Nathalie?

– Nada que possa deixá-lo assustado... Ela está grávida...

– Como você sabe?

– Porque ela me disse e um obstetra me confirmou.

Com ciúmes, ele olha para Hilda:

– E você sabia disso?

Ela confessa que sim, e ele se mostra ainda mais perturbado:

– Quem é o pai?

– Até o momento, não existe um pai...

– O que quer dizer isso?

– Sua filha não quer saber desse rapaz. Ela o detesta... Aliás, ele já não vive na França...

Jeanne intervém.

– Na minha opinião, Nathalie é jovem demais para...

O rosto de Jacques endurece:

– Não continue.

– Então, você pensa do mesmo modo que seu pai...

– Eu também! – exclama Hilda, numa voz alegre.

Encho os copos pela segunda vez. Falo devagar. Recomeço todo o meu raciocínio. Quando declaro:

– Serei eu...

Tenho a impressão de que a jovem alemã vai pular no meu pescoço. Jeanne começou opinando que não seria viável.

– Você nunca se ocupou com os filhos e de repente começa a decidir... Você nem mesmo conhece Nathalie... Você nunca viveu com ela...

Retruco suavemente:

– Ela nunca viveu comigo.

Jacques compreende o que quero dizer e se mostra constrangido.

– Você não tem medo de problemas?

– Seria preciso um de meus herdeiros se queixar. Não acredito que Jean-Luc...

– Jean-Luc está pouco ligando, e sou eu quem vai informá-lo... Mas e os da América?

– Cuido deles...

Talvez surjam ainda algumas pequenas dificuldades, mas o principal está feito.

– Vocês estão todos de acordo?

Jacques diz um sim franco e sincero. Hilda murmura:

– Ainda não tenho direito a voto. No que me diz respeito, concordo com Nathalie...

Jeanne se cala e me parece de repente envelhecida.

– Suponho que a criança viverá aqui.

– Claro. Mandarei transformar o seu antigo quarto. Contratarei uma babá.

Com a garganta apertada, ela consegue balbuciar:

– Bem... Já que todos...

Ela não termina. Há água em seus olhos. Tiro o fone do gancho e ligo para o Boulevard Raspail. O telefone toca por muito tempo, e vou desligar quando ouço a voz de Nathalie.

– Você estava dormindo?

– Não... E então?

– Estamos todos aqui.

– Meu pai também?

– Também.

– E Hilda?

– Eu queria avisar você o quanto antes que todos estão de acordo...

– Até Jeanne?

– Jeanne também, é...

– Diga a eles que estou contente. Diga a Hilda que gostaria de vê-la antes de me deitar...

Eles saíram juntos. Beijei Jeanne nas duas faces, murmurando em seu ouvido:

– Desculpe. Era preciso fazer isso...

– Talvez você tenha razão...

Os três se acomodaram no elevador.

Um pouco mais tarde, conto a história à sra. Daven, que fica muito emocionada.

Não há nada entre nós. Nunca haverá nada de mais, a não ser uma criança em casa.

CAPÍTULO VIII

Pat morreu na véspera do Natal. A doença estava generalizada demais para que a cirurgia desse bons resultados. De acordo com o dr. Feinstein e o prof. Penderton, é melhor que tenha sido assim.

Não fui a Nova York para o enterro. Apesar da minha repugnância, quase peguei o avião. Acredito que é cedo demais para conhecer minha nora, Bob, seu irmão e sua irmã.

Tenho notícias deles por Eddie. É ele quem vai mandar flores em meu nome. Parece que Helen e seu filho mais velho se saem bem e que ambos trabalham muito.

Escrevi para convidá-los a vir à França no próximo verão.

Mas o verão ainda está longe, e passo um Natal solitário. Jacques e sua mulher, casados desde novembro, foram se encontrar com Jean-Luc em Megève.

Não deixo Paris. Não saio de casa. Penso em convidar Candille para vir jantar comigo mas não ouso. Contento-me em telefonar longamente para Deauville.

Cartier se encarregou de todos os meus presentes, que ainda assim levei duas horas para escolher.

Como nos outros anos, não me esqueci do pessoal doméstico. Émile, meu motorista, recebeu um magnífico cachimbo de espuma-do-mar. Ele me explicou que só o fumará em casa, pois não se deve fumar ao ar livre um cachimbo de espuma-do-mar.

O cozinheiro ganhou uma cigarreira de prata, sua mulher um relógio de ouro.

As arrumadeiras, como o pessoal do banco, receberam envelopes.

À noite, pela primeira vez, sinto-me isolado em meu gabinete. Não tenho vontade de ler. Obviamente, não há árvore de Natal na casa. Não como peru, nem foie gras.

Acabo abrindo a porta do meu quarto. A sra. Daven se levanta.

– Por que a senhora não vem se sentar a meu lado?

Ela se instala, não sem hesitar, numa das poltronas de couro, e eu ocupo meu lugar. Talvez por constrangimento, acendo um charuto.

Conversamos. Mais tarde o relógio dá doze badaladas, e nós nos olhamos em silêncio, sem qualquer movimento.

*

A babá é uma suíça que vem de uma das melhores escolas de Valais. Ela usa o uniforme dessa escola: blusa com finas listras azuis e brancas, e uma boina muito charmosa.

Nathalie tinha razão: foi um menino que ela deu à luz. O dr. Jorissen também tinha razão, o parto transcorreu sem a menor dificuldade.

Ela voltou para o Boulevard Raspail, a conselho de Terran, pois a polícia poderia querer fazer algum tipo de investigação.

Passei momentos curiosos na Place du Louvre, na Prefeitura do 1º *arrondissement*, e não gostaria de recomeçar. Tentava me lembrar de todas as instruções de Terran, que não se mostrara muito tranquilizador.

– De qualquer modo, eles não podem tomar a criança para colocá-la sob a tutela da Assistência Social. O risco que você corre é que se recusem a aceitar o reconhecimento e exijam a adoção.

Dirijo-me para o cartório. Uma senhora idosa, acompanhada de duas mulheres mais jovens, acaba de declarar o falecimento de seu marido. O funcionário escreve calmamente, copia o atestado assinado pelo médico. A senhora idosa assoa o nariz e enxuga os olhos.

Há sol do lado de fora e os rebentos brotaram, cobrindo as árvores de uma espécie de pátina verde-clara.

– Senhor? – pergunta-me o funcionário, enquanto as três mulheres se dirigem para a porta.

Estendo-lhe meu cartão de visitas, o cartão comercial, que traz meu endereço e meu título de banqueiro. Ele não deixa de me examinar no mesmo instante com certa curiosidade.

– O senhor tem uma declaração a fazer?

– Tenho.

– Um falecimento?

– Um nascimento...

– O senhor trouxe o atestado médico?

– O parto se deu sem a assistência de um médico...

Ele me olha ainda com mais atenção, surpreso.

– Uma parteira?

– Não tenho qualquer atestado...

– Quem é o pai da criança?

– Eu...

Como esperava, ele é jovem demais para não achar que um homem de 75 anos é um velhote impotente.

– O senhor é casado?

– Já fui, três vezes...

– A criança é da sua terceira esposa?

– Não. Sou divorciado das três.

– Trata-se de um filho natural?

– Não é um filho natural, pois o estou reconhecendo...

– Um menino?

– É. O senhor pode escrever: Yves, Jacques, François Perret-Latour...

Nathalie me recomendou que desse esses prenomes na ordem. Ignoro a que corresponde Yves. Nunca houve Yves na família, e não temos quaisquer raízes na Bretanha. Jacques é pelo pai dela e François vem por último.

– O nome da mãe?

– Ignoro...

Ele se apruma bruscamente.

– Mas não é possível que o senhor ignore...

– Digamos que eu ignore oficialmente...

– Onde se deu o parto?

– Também ignoro...

– O senhor me dá licença?

Perturbado, sente-se na obrigação de consultar uma autoridade superior. Entra numa sala vizinha e pouco depois um homem um pouco mais maduro atravessa a porta para me observar.

Quanto ao funcionário, vem me dizer:

– Será preciso que o senhor espere. Foram ver se o prefeito está em seu gabinete.

Só espero quinze minutos, sentado num banco. Um escrivão vem ao meu encontro e me conduz ao primeiro andar, onde atravessamos uma antecâmara, e sou introduzido num amplo gabinete. O prefeito se levanta, estende a mão e murmura:

– Muito prazer...

É um homem grande, inteligente, com um rosto simpático.

– Sente-se, por favor.

A escrivaninha é estilo Império, como a minha, com a diferença de que é uma cópia. O sol recai sobre os bronzes e sobre um grande cinzeiro de vidro. O prefeito fuma cachimbo.

– O tabelião do cartório acaba de me dizer...

Ele está tão desconfortável quanto eu. Está até mesmo mais, porque, agora, o pânico me abandona.

– Se compreendi bem, o senhor deseja reconhecer uma criança sem fornecer o nome da mãe.

– Exatamente. Tenho sérias razões para que o nome da mãe não seja mencionado nos documentos oficiais.

– O senhor também não tem, conforme me disseram, o atestado do médico que acompanhou o parto.

– Não houve médico...

– Nem parteira?

Olho-o sem dizer nada.

– Em suma, essa pessoa deu à luz sozinha?

– Acontece de crianças nascerem num táxi, às vezes num trem ou num avião...

– É verdade. Temos então o nome da mãe.

– Não necessariamente o do pai...

– Também é verdade...

– Aqui, o senhor tem o nome do pai...

Sinto-o tão constrangido que me apresso em ajudar.

– Existe, no Código Civil francês, o artigo 336 que lhe cito de memória:

"O reconhecimento do pai, sem a indicação e a confissão da mãe, só tem efeito em relação ao pai..."

Ele repete a frase, reticente, parecendo refletir profundamente.

– Não é muito claro. O senhor tem certeza de que são esses os termos exatos do artigo?

– Posso afirmar que sim. Acrescento que consultei um eminente jurista... Na opinião dele, esse artigo abre as portas para um registro que não poderia, a priori, ser recusado.

– Quando nasceu a criança?

– Dia 5 de abril.

– Há dez dias, então?

– Peço desculpas. Não pude vir mais cedo.

– Suponho que seu jurista também seja anônimo...

Ele não está sendo engraçado. Está inquieto e compreendo que não quer cometer uma gafe, recusando-me algo que me seria de direito.

– O senhor me dá licença, sr. Perret-Latour?

Ele sai do gabinete; vai sem dúvida telefonar a instâncias superiores, ignoro a quais. Tudo isso demora muito. Ouço um murmúrio de vozes sem que me seja possível distinguir as palavras.

Quando volta, está aliviado.

– Penso que o reconhecimento pode ser feito. Dou instruções para que seja registrado em folha volante até que a polícia se certifique de que nenhum desaparecimento foi notificado. Faço questão de acrescentar que isso não passa de uma formalidade. O senhor tem testemunhas, lá em baixo?

– Meu motorista está no carro...

– O funcionário lhe fornecerá uma segunda pessoa. O senhor sabe como é isso. Há sempre dois ou três à espera num barzinho...

Ufa! Ele me acompanha até a porta, me aperta a mão. Quando volto ao cartório, o funcionário me olha com maior consideração.

– Disseram que o senhor não tem testemunhas. Se desejar que eu consiga...

Ele vai telefonar no fundo da sala.

– Alô, Gaston?... É Germain... É... Duas... Agora mesmo... Depressa.

Dou cem francos para cada um, por medo que pareça estranho se der mais.

Saio e mergulho em pleno sol. Estou de paletó. É a primeira vez nesta estação, pois o mês de março foi frio e triste. Faço sinal a Émile para que não abra a porta. Sinto vontade de andar.

– Voltarei a pé.

Pronto! Tenho mais um filho. E este, tenho-o em casa. Não sei por que sinto mais do que alegria: uma espécie de libertação.

Não faço questão de compreender, de me questionar. É um pouco como se eu acabasse de apagar alguma coisa.

Caminho com passo alegre. Há muito tempo eu não andava assim tão leve. Paro algumas vezes para olhar as vitrines da Rue de Rivoli.

Daqui a pouco, telefonarei dando as boas notícias a Nathalie, que tem mais do que nunca atitudes de adulta e que está muito orgulhosa de si mesma.

– Já que não estou amamentando, você não acha que eu poderia ir me encontrar com os outros em Saint-Tropez?

Lembro-me do meu passeio ao longo do Marne, da trilha, dos meus olhares para o ar e da frase que me veio à cabeça, inconscientemente:

– Ainda restam aveleiras...

A Place Vendôme é bela. As janelas também, lá em cima.

– Ainda restam...

Quando entro no apartamento, ouço o choro de um bebê.

FIM

Epalinges, 13 de outubro de 1968.

Coleção **L&PM** POCKET (LANÇAMENTOS MAIS RECENTES)

417.**Histórias de robôs: vol.1** – org. Isaac Asimov
418.**Histórias de robôs: vol.2** – org. Isaac Asimov
419.**Histórias de robôs: vol.3** – org. Isaac Asimov
420.**O país dos centauros** – Tabajara Ruas
421.**A república de Anita** – Tabajara Ruas
422.**A carga dos lanceiros** – Tabajara Ruas
423.**Um amigo de Kafka** – Isaac Singer
424.**As alegres matronas de Windsor** – Shakespeare
425.**Amor e exílio** – Isaac Bashevis Singer
426.**Use & abuse do seu signo** – Marília Fiorillo e Marylou Simonsen
427.**Pigmaleão** – Bernard Shaw
428.**As fenícias** – Eurípides
429.**Everest** – Thomaz Brandolin
430.**A arte de furtar** – Anônimo do séc. XVI
431.**Billy Bud** – Herman Melville
432.**A rosa separada** – Pablo Neruda
433.**Elegia** – Pablo Neruda
434.**A garota de Cassidy** – David Goodis
435.**Como fazer a guerra: máximas de Napoleão** – Balzac
436.**Poemas escolhidos** – Emily Dickinson
437.**Gracias por el fuego** – Mario Benedetti
438.**O sofá** – Crébillon Fils
439.**O "Martín Fierro"** – Jorge Luis Borges
440.**Trabalhos de amor perdidos** – W. Shakespeare
441.**O melhor de Hagar 3** – Dik Browne
442.**Os Maias (volume1)** – Eça de Queiroz
443.**Os Maias (volume2)** – Eça de Queiroz
444.**Anti-Justine** – Restif de La Bretonne
445.**Juventude** – Joseph Conrad
446.**Contos** – Eça de Queiroz
447.**Janela para a morte** – Raymond Chandler
448.**Um amor de Swann** – Marcel Proust
449.**À paz perpétua** – Immanuel Kant
450.**A conquista do México** – Hernan Cortez
451.**Defeitos escolhidos & 2000** – Pablo Neruda
452.**O casamento do céu e do inferno** – William Blake
453.**A primeira viagem ao redor do mundo** – Antonio Pigafetta
454(14).**Uma sombra na janela** – Simenon
455(15).**A noite da encruzilhada** – Simenon
456(16).**A velha senhora** – Simenon
457.**Sartre** – Annie Cohen-Solal
458.**Discurso do método** – René Descartes
459.**Garfield em grande forma (1)** – Jim Davis
460.**Garfield está de dieta** (2) – Jim Davis
461.**O livro das feras** – Patricia Highsmith
462.**Viajante solitário** – Jack Kerouac
463.**Auto da barca do inferno** – Gil Vicente
464.**O livro vermelho dos pensamentos de Millôr** – Millôr Fernandes
465.**O livro dos abraços** – Eduardo Galeano
466.**Voltaremos!** – José Antonio Pinheiro Machado
467.**Rango** – Edgar Vasques
468(8).**Dieta mediterrânea** – Dr. Fernando Lucchese e José Antonio Pinheiro Machado
469.**Radicci 5** – Iotti
470.**Pequenos pássaros** – Anaïs Nin
471.**Guia prático do Português correto – vol.3** – Cláudio Moreno
472.**Atire no pianista** – David Goodis
473.**Antologia Poética** – García Lorca
474.**Alexandre e César** – Plutarco
475.**Uma espiã na casa do amor** – Anaïs Nin
476.**A gorda do Tiki Bar** – Dalton Trevisan
477.**Garfield um gato de peso (3)** – Jim Davis
478.**Canibais** – David Coimbra
479.**A arte de escrever** – Arthur Schopenhauer
480.**Pinóquio** – Carlo Collodi
481.**Misto-quente** – Charles Bukowski
482.**A lua na sarjeta** – David Goodis
483.**O melhor do Recruta Zero (1)** – Mort Walker
484.**Aline: TPM – tensão pré-monstrual (2)** – Adão Iturrusgarai
485.**Sermões do Padre Antonio Vieira**
486.**Garfield numa boa (4)** – Jim Davis
487.**Mensagem** – Fernando Pessoa
488.**Vendeta *seguido de* A paz conjugal** – Balzac
489.**Poemas de Alberto Caeiro** – Fernando Pessoa
490.**Ferragus** – Honoré de Balzac
491.**A duquesa de Langeais** – Honoré de Balzac
492.**A menina dos olhos de ouro** – Honoré de Balzac
493.**O lírio do vale** – Honoré de Balzac
494(17).**A barcaça da morte** – Simenon
495(18).**As testemunhas rebeldes** – Simenon
496(19).**Um engano de Maigret** – Simenon
497(1).**A noite das bruxas** – Agatha Christie
498(2).**Um passe de mágica** – Agatha Christie
499(3).**Nêmesis** – Agatha Christie
500.**Esboço para uma teoria das emoções** – Sartre
501.**Renda básica de cidadania** – Eduardo Suplicy
502(1).**Pílulas para viver melhor** – Dr. Lucchese
503(2).**Pílulas para prolongar a juventude** – Dr. Lucchese
504(3).**Desembarcando o Diabetes** – Dr. Lucchese
505(4).**Desembarcando o Sedentarismo** – Dr. Fernando Lucchese e Cláudio Castro
506(5).**Desembarcando a Hipertensão** – Dr. Lucchese
507(6).**Desembarcando o Colesterol** – Dr. Fernando Lucchese e Fernanda Lucchese
508.**Estudos de mulher** – Balzac
509.**O terceiro tira** – Flann O'Brien
510.**100 receitas de aves e ovos** – J. A. P. Machado
511.**Garfield em toneladas de diversão** (5) – Jim Davis
512.**Trem-bala** – Martha Medeiros
513.**Os cães ladram** – Truman Capote
514.**O Kama Sutra de Vatsyayana**
515.**O crime do Padre Amaro** – Eça de Queiroz
516.**Odes de Ricardo Reis** – Fernando Pessoa
517.**O inverno da nossa desesperança** – Steinbeck
518.**Piratas do Tietê (1)** – Laerte
519.**Rê Bordosa: do começo ao fim** – Angeli
520.**O Harlem é escuro** – Chester Himes
521.**Café-da-manhã dos campeões** – Kurt Vonnegut
522.**Eugénie Grandet** – Balzac
523.**O último magnata** – F. Scott Fitzgerald
524.**Carol** – Patricia Highsmith
525.**100 receitas de patisseria** – Sílvio Lancellotti
526.**O fator humano** – Graham Greene
527.**Tristessa** – Jack Kerouac
528.**O diamante do tamanho do Ritz** – S. Fitzgerald

529.**As melhores histórias de Sherlock Holmes** – Arthur Conan Doyle
530.**Cartas a um jovem poeta** – Rilke
531(20).**Memórias de Maigret** – Simenon
532(4).**O misterioso sr. Quin** – Agatha Christie
533.**Os analectos** – Confúcio
534(21).**Maigret e os homens de bem** – Simenon
535(22).**O medo de Maigret** – Simenon
536.**Ascensão e queda de César Birotteau** – Balzac
537.**Sexta-feira negra** – David Goodis
538.**Ora bolas – O humor de Mario Quintana** – Juarez Fonseca
539.**Longe daqui aqui mesmo** – Antonio Bivar
540(5).**É fácil matar** – Agatha Christie
541.**O pai Goriot** – Balzac
542.**Brasil, um país do futuro** – Stefan Zweig
543.**O processo** – Kafka
544.**O melhor de Hagar 4** – Dik Browne
545(6).**Por que não pediram a Evans?** – Agatha Christie
546.**Fanny Hill** – John Cleland
547.**O gato por dentro** – William S. Burroughs
548.**Sobre a brevidade da vida** – Sêneca
549.**Geraldão (1)** – Glauco
550.**Piratas do Tietê (2)** – Laerte
551.**Pagando o pato** – Ciça
552.**Garfield de bom humor (6)** – Jim Davis
553.**Conhece o Mário?** vol. 1 – Santiago
554.**Radicci 6** – Iotti
555.**Os subterrâneos** – Jack Kerouac
556(1).**Balzac** – François Taillandier
557(2).**Modigliani** – Christian Parisot
558(3).**Kafka** – Gérard-Georges Lemaire
559(4).**Júlio César** – Joël Schmidt
560.**Receitas da família** – J. A. Pinheiro Machado
561.**Boas maneiras à mesa** – Celia Ribeiro
562(9).**Filhos sadios, pais felizes** – R. Pagnoncelli
563(10).**Fatos & mitos** – Dr. Fernando Lucchese
564.**Ménage à trois** – Paula Taitelbaum
565.**Mulheres!** – David Coimbra
566.**Poemas de Álvaro de Campos** – Fernando Pessoa
567.**Medo e outras histórias** – Stefan Zweig
568.**Snoopy e sua turma (1)** – Schulz
569.**Piadas para sempre (1)** – Visconde da Casa Verde
570.**O alvo móvel** – Ross Macdonald
571.**O melhor do Recruta Zero (2)** – Mort Walker
572.**Um sonho americano** – Norman Mailer
573.**Os broncos também amam** – Angeli
574.**Crônica de um amor louco** – Bukowski
575(5).**Freud** – René Major e Chantal Talagrand
576(6).**Picasso** – Gilles Plazy
577(7).**Gandhi** – Christine Jordis
578.**A tumba** – H. P. Lovecraft
579.**O príncipe e o mendigo** – Mark Twain
580.**Garfield, um charme de gato (7)** – Jim Davis
581.**Ilusões perdidas** – Balzac
582.**Esplendores e misérias das cortesãs** – Balzac
583.**Walter Ego** – Angeli
584.**Striptiras (1)** – Laerte
585.**Fagundes: um puxa-saco de mão cheia** – Laerte
586.**Depois do último trem** – Josué Guimarães
587.**Ricardo III** – Shakespeare
588.**Dona Anja** – Josué Guimarães
589.**24 horas na vida de uma mulher** – Stefan Zweig
590.**O terceiro homem** – Graham Greene
591.**Mulher no escuro** – Dashiell Hammett
592.**No que acredito** – Bertrand Russell
593.**Odisséia (1): Telemaquia** – Homero
594.**O cavalo cego** – Josué Guimarães
595.**Henrique V** – Shakespeare
596.**Fabulário geral do delírio cotidiano** – Bukowski
597.**Tiros na noite 1: A mulher do bandido** – Dashiell Hammett
598.**Snoopy em Feliz Dia dos Namorados! (2)** – Schulz
599.**Mas não se matam cavalos?** – Horace McCoy
600.**Crime e castigo** – Dostoiévski
601(7).**Mistério no Caribe** – Agatha Christie
602.**Odisséia (2): Regresso** – Homero
603.**Piadas para sempre (2)** – Visconde da Casa Verde
604.**À sombra do vulcão** – Malcolm Lowry
605(8).**Kerouac** – Yves Buin
606.**E agora são cinzas** – Angeli
607.**As mil e uma noites** – Paulo Caruso
608.**Um assassino entre nós** – Ruth Rendell
609.**Crack-up** – F. Scott Fitzgerald
610.**Do amor** – Stendhal
611.**Cartas do Yage** – William Burroughs e Allen Ginsberg
612.**Striptiras (2)** – Laerte
613.**Henry & June** – Anaïs Nin
614.**A piscina mortal** – Ross Macdonald
615.**Geraldão (2)** – Glauco
616.**Tempo de delicadeza** – A. R. de Sant'Anna
617.**Tiros na noite 2: Medo de tiro** – Dashiell Hammett
618.**Snoopy em Assim é a vida, Charlie Brown! (3)** – Schulz
619.**1954 – Um tiro no coração** – Hélio Silva
620.**Sobre a inspiração poética (Íon)** e ... – Platão
621.**Garfield e seus amigos (8)** – Jim Davis
622.**Odisséia (3): Ítaca** – Homero
623.**A louca matança** – Chester Himes
624.**Factótum** – Charles Bukowski
625.**Guerra e Paz: volume 1** – Tolstói
626.**Guerra e Paz: volume 2** – Tolstói
627.**Guerra e Paz: volume 3** – Tolstói
628.**Guerra e Paz: volume 4** – Tolstói
629(9).**Shakespeare** – Claude Mourthé
630.**Bem está o que bem acaba** – Shakespeare
631.**O contrato social** – Rousseau
632.**Geração Beat** – Jack Kerouac
633.**Snoopy: É Natal! (4)** – Charles Schulz
634(8).**Testemunha da acusação** – Agatha Christie
635.**Um elefante no caos** – Millôr Fernandes
636.**Guia de leitura (100 autores que você precisa ler)** – Organização de Léa Masina
637.**Pistoleiros também mandam flores** – David Coimbra
638.**O prazer das palavras – vol. 1** – Cláudio Moreno
639.**O prazer das palavras – vol. 2** – Cláudio Moreno
640.**Novíssimo testamento: com Deus e o diabo, a dupla da criação** – Iotti
641.**Literatura Brasileira: modos de usar** – Luís Augusto Fischer
642.**Dicionário de Porto-Alegrês** – Luís A. Fischer
643.**Clô Dias & Noites** – Sérgio Jockymann
644.**Memorial de Isla Negra** – Pablo Neruda
645.**Um homem extraordinário e outras histórias** – Tchekhov
646.**Ana sem terra** – Alcy Cheuiche
647.**Adultérios** – Woody Allen
648.**Para sempre ou nunca mais** – R. Chandler

649.**Nosso homem em Havana** – Graham Greene
650.**Dicionário Caldas Aulete de Bolso**
651.**Snoopy: Posso fazer uma pergunta, professora? (5)** – Charles Schulz
652(10).**Luís XVI** – Bernard Vincent
653.**O mercador de Veneza** – Shakespeare
654.**Cancioneiro** – Fernando Pessoa
655.**Non-Stop** – Martha Medeiros
656.**Carpinteiros, levantem bem alto a cumeeira & Seymour, uma apresentação** – J.D.Salinger
657.**Ensaios céticos** – Bertrand Russell
658.**O melhor de Hagar 5** – Dik Browne
659.**Primeiro amor** – Ivan Turguêniev
660.**A trégua** – Mario Benedetti
661.**Um parque de diversões da cabeça** – Lawrence Ferlinghetti
662.**Aprendendo a viver** – Sêneca
663.**Garfield, um gato em apuros (9)** – Jim Davis
664.**Dilbert 1** – Scott Adams
665.**Dicionário de dificuldades** – Domingos Paschoal Cegalla
666.**A imaginação** – Jean-Paul Sartre
667.**O ladrão e os cães** – Naguib Mahfuz
668.**Gramática do português contemporâneo** – Celso Cunha
669.**A volta do parafuso** *seguido de* **Daisy Miller** – Henry James
670.**Notas do subsolo** – Dostoiévski
671.**Abobrinhas da Brasilônia** – Glauco
672.**Geraldão (3)** – Glauco
673.**Piadas para sempre (3)** – Visconde da Casa Verde
674.**Duas viagens ao Brasil** – Hans Staden
675.**Bandeira de bolso** – Manuel Bandeira
676.**A arte da guerra** – Maquiavel
677.**Além do bem e do mal** – Nietzsche
678.**O coronel Chabert** *seguido de* **A mulher abandonada** – Balzac
679.**O sorriso de marfim** – Ross Macdonald
680.**100 receitas de pescados** – Sílvio Lancellotti
681.**O juiz e o seu carrasco** – Friedrich Dürrenmatt
682.**Noites brancas** – Dostoiévski
683.**Quadras ao gosto popular** – Fernando Pessoa
684.**Romanceiro da Inconfidência** – Cecília Meireles
685.**Kaos** – Millôr Fernandes
686.**A pele de onagro** – Balzac
687.**As ligações perigosas** – Choderlos de Laclos
688.**Dicionário de matemática** – Luiz Fernandes Cardoso
689.**Os Lusíadas** – Luís Vaz de Camões
690(11).**Átila** – Éric Deschodt
691.**Um jeito tranqüilo de matar** – Chester Himes
692.**A felicidade conjugal** *seguido de* **O diabo** – Tolstói
693.**Viagem de um naturalista ao redor do mundo** – vol. 1 – Charles Darwin
694.**Viagem de um naturalista ao redor do mundo** – vol. 2 – Charles Darwin
695.**Memórias da casa dos mortos** – Dostoiévski
696.**A Celestina** – Fernando de Rojas
697.**Snoopy (6)** – Charles Schulz
698.**Dez (quase) amores** – Claudia Tajes
699.**Poirot sempre espera** – Agatha Christie
700.**Cecília de bolso** – Cecília Meireles
701.**Apologia de Sócrates** *precedido de* **Êutifron** e *seguido de* **Críton** – Platão
702.**Wood & Stock** – Angeli
703.**Striptiras (3)** – Laerte
704.**Discurso sobre a origem e os fundamentos da desigualdade entre os homens** – Rousseau
705.**Os duelistas** – Joseph Conrad
706.**Dilbert (2)** – Scott Adams
707.**Viver e escrever (vol.1)** – Edla van Steen
708.**Viver e escrever (vol.2)** – Edla van Steen
709.**Viver e escrever (vol.3)** – Edla van Steen
710.**A teia da aranha** – Agatha Christie
711.**O banquete** – Platão
712.**Os belos e malditos** – F. Scott Fitzgerald
713.**Libelo contra a arte moderna** – Salvador Dalí
714.**Akropolis** – Valerio Massimo Manfredi
715.**Devoradores de mortos** – Michael Crichton
716.**Sob o sol da Toscana** – Frances Mayes
717.**Batom na cueca** – Nani
718.**Vida dura** – Claudia Tajes
719.**Carne trêmula** – Ruth Rendell
720.**Cris, a fera** – David Coimbra
721.**O anticristo** – Nietzsche
722.**Como um romance** – Daniel Pennac
723.**Emboscada no Forte Bragg** – Tom Wolfe
724.**Assédio sexual** – Michael Crichton
725.**O espírito do Zen** – Alan W.Watts
726.**Um bonde chamado desejo** – Tennessee Williams
727.**Como gostais** *seguido de* **Conto de inverno** – Shakespeare
728.**Tratado sobre a tolerância** – Voltaire
729.**Snoopy: Doces ou travessuras? (7)** – Charles Schulz
730.**Cardápios do Anonymus Gourmet** – J.A. Pinheiro Machado
731.**100 receitas com lata** – J.A. Pinheiro Machado
732.**Conhece o Mário?** vol.2 – Santiago
733.**Dilbert (3)** – Scott Adams
734.**História de um louco amor** *seguido de* **Passado amor** – Horacio Quiroga
735(11).**Sexo: muito prazer** – Laura Meyer da Silva
736(12).**Para entender o adolescente** – Dr. Ronald Pagnoncelli
737(13).**Desembarcando a tristeza** – Dr. Fernando Lucchese
738(11).**Poirot e o mistério da arca espanhola & outras histórias** – Agatha Christie
739.**A última legião** – Valerio Massimo Manfredi
740.**As virgens suicidas** – Jeffrey Eugenides
741.**Sol nascente** – Michael Crichton
742.**Duzentos ladrões** – Dalton Trevisan
743.**Os devaneios do caminhante solitário** – Rousseau
744.**Garfield, o rei da preguiça (10)** – Jim Davis
745.**Os magnatas** – Charles R. Morris
746.**Pulp** – Charles Bukowski
747.**Enquanto agonizo** – William Faulkner
748.**Aline: viciada em sexo (3)** – Adão Iturrusgarai
749.**A dama do cachorrinho** – Anton Tchékhov
750.**Tito Andrônico** – Shakespeare
751.**Antologia poética** – Anna Akhmátova
752.**O melhor de Hagar 6** – Dik e Chris Browne
753(12).**Michelangelo** – Nadine Sautel
754.**Dilbert (4)** – Scott Adams
755.**O jardim das cerejeiras** *seguido de* **Tio Vânia** – Tchékhov
756.**Geração Beat** – Claudio Willer
757.**Santos Dumont** – Alcy Cheuiche

758.**Budismo** – Claude B. Levenson
759.**Cleópatra** – Christian-Georges Schwentzel
760. **Revolução Francesa** – Frédéric Bluche, Stéphane Rials e Jean Tulard
761.**A crise de 1929** – Bernard Gazier
762.**Sigmund Freud** – Edson Sousa e Paulo Endo
763.**Império Romano** – Patrick Le Roux
764.**Cruzadas** – Cécile Morrisson
765.**O mistério do Trem Azul** – Agatha Christie
766.**Os escrúpulos de Maigret** – Simenon
767.**Maigret se diverte** – Simenon
768.**Senso comum** – Thomas Paine
769.**O parque dos dinossauros** – Michael Crichton
770.**Trilogia da paixão** – Goethe
771.**A simples arte de matar** (vol.1) – R. Chandler
772.**A simples arte de matar** (vol.2) – R. Chandler
773.**Snoopy: No mundo da lua! (8)** – Charles Schulz
774.**Os Quatro Grandes** – Agatha Christie
775.**Um brinde de cianureto** – Agatha Christie
776.**Súplicas atendidas** – Truman Capote
777.**Ainda restam aveleiras** – Simenon
778.**Maigret e o ladrão preguiçoso** – Simenon
779.**A viúva imortal** – Millôr Fernandes
780.**Cabala** – Roland Goetschel
781.**Capitalismo** – Claude Jessua
782.**Mitologia grega** – Pierre Grimal
783.**Economia: 100 palavras-chave** – Jean-Paul Betbèze
784.**Marxismo** – Henri Lefebvre
785.**Punição para a inocência** – Agatha Christie
786.**A extravagância do morto** – Agatha Christie
787(13).**Cézanne** – Bernard Fauconnier
788.**A identidade Bourne** – Robert Ludlum
789.**Da tranquilidade da alma** – Sêneca
790.**Um artista da fome** *seguido de* **Na colônia penal e outras histórias** – Kafka
791.**Histórias de fantasmas** – Charles Dickens
792.**A louca de Maigret** – Simenon
793.**O amigo de infância de Maigret** – Simenon
794.**O revólver de Maigret** – Simenon
795.**A fuga do sr. Monde** – Simenon
796.**O Uraguai** – Basílio da Gama
797.**A mão misteriosa** – Agatha Christie
798.**Testemunha ocular do crime** – Agatha Christie
799.**Crepúsculo dos ídolos** – Friedrich Nietzsche
800.**Maigret e o negociante de vinhos** – Simemon
801.**Maigret e o mendigo** – Simenon
802.**O grande golpe** – Dashiell Hammett
803.**Humor barra pesada** – Nani
804.**Vinho** – Jean-François Gautier
805.**Egito Antigo** – Sophie Desplancques
806(14).**Baudelaire** – Jean-Baptiste Baronian
807.**Caminho da sabedoria, caminho da paz** – Dalai Lama e Felizitas von Schönborn
808.**Senhor e servo e outras histórias** – Tolstói
809.**Os cadernos de Malte Laurids Brigge** – Rilke
810.**Dilbert (5)** – Scott Adams
811.**Big Sur** – Jack Kerouac
812.**Seguindo a correnteza** – Agatha Christie
813.**O álibi** – Sandra Brown
814.**Montanha-russa** – Martha Medeiros
815.**Coisas da vida** – Martha Medeiros
816.**A cantada infalível** *seguido de* **A mulher do centroavante** – David Coimbra
817.**Maigret e os crimes do cais** – Simenon
818.**Sinal vermelho** – Simenon
819.**Snoopy: Pausa para a soneca (9)** – Charles Schulz
820.**De pernas pro ar** – Eduardo Galeano
821.**Tragédias gregas** – Pascal Thiercy
822.**Existencialismo** – Jacques Colette
823.**Nietzsche** – Jean Granier
824.**Amar ou depender?** – Walter Riso
825.**Darmapada: A doutrina budista em versos**
826.**J'Accuse...! – a verdade em marcha** – Zola
827.**Os crimes ABC** – Agatha Christie
828.**Um gato entre os pombos** – Agatha Christie
829.**Maigret e o sumiço do sr. Charles** – Simenon
830.**Maigret e a morte do jogador** – Simenon
831.**Dicionário de teatro** – Luiz Paulo Vasconcellos
832.**Cartas extraviadas** – Martha Medeiros
833.**A longa viagem de prazer** – J. J. Morosoli
834.**Receitas fáceis** – J. A. Pinheiro Machado
835.**Mais fatos e mitos** – Dr. Fernando Lucchese
836.**Boa viagem!** – Dr. Fernando Lucchese
837.**Aline: Finalmente nua!!!** (4) – Adão Iturrusgarai
838.**Mônica tem uma novidade!** – Mauricio de Sousa
839.**Cebolinha em apuros!** – Mauricio de Sousa
840.**Sócios no crime** – Agatha Christie
841.**Bocas do tempo** – Eduardo Galeano
842.**Orgulho e preconceito** – Jane Austen
843.**Impressionismo** – Dominique Lobstein
844.**Escrita chinesa** – Viviane Alleton
845.**Paris: uma história** – Yvan Combeau
846(15).**Van Gogh** – David Haziot
847.**Maigret e o corpo sem cabeça** – Simenon
848.**Portal do destino** – Agatha Christie
849.**O futuro de uma ilusão** – Freud
850.**O mal-estar na cultura** – Freud
851.**Maigret e o matador** – Simenon
852.**Maigret e o fantasma** – Simenon
853.**Um crime adormecido** – Agatha Christie
854.**Satori em Paris** – Jack Kerouac
855.**Medo e delírio em Las Vegas** – Hunter Thompson
856.**Um negócio fracassado e outros contos de humor** – Tchékhov
857.**Mônica está de férias!** – Mauricio de Sousa
858.**De quem é esse coelho?** – Mauricio de Sousa
859.**O burgomestre de Furnes** – Simenon
860.**O mistério Sittaford** – Agatha Christie
861.**Manhã transfigurada** – Luiz Antonio de Assis Brasil
862.**Alexandre, o Grande** – Pierre Briant
863.**Jesus** – Charles Perrot
864.**Islã** – Paul Balta
865.**Guerra da Secessão** – Farid Ameur
866.**Um rio que vem da Grécia** – Cláudio Moreno
867.**Maigret e os colegas americanos** – Simenon
868.**Assassinato na casa do pastor** – Agatha Christie
869.**Manual do líder** – Napoleão Bonaparte
870.**Billie Holiday** – Sylvia Fol
871.**Bidu arrasando!** – Mauricio de Sousa
872.**Desventuras em família** – Mauricio de Sousa
873.**Liberty Bar** – Simenon
874.**E no final a morte** – Agatha Christie
875.**Guia prático do Português correto – vol. 4** – Cláudio Moreno
876.**Dilbert (6)** – Scott Adams
877.**Leonardo da Vinci** – Sophie Chauveau
878.**Bella Toscana** – Frances Mayes

GRÁFICA EDITORA
Pallotti
IMAGEM DE QUALIDADE
Santa Maria - RS - Fone/Fax: (55) 3220.4500
www.pallotti.com.br